인생 톺아보기

김홍석 지음

인생 톺아보기

요즘 시대의 생활방식에 맞춘 쪽지 소설

생각나눔

요즘 시대의 생활방식에 맞춘 쪽지 소설이다. 대체로 쪽수는 20장을 넘기지 않으려고 애썼고 그러다 보니 그 흔한 '발단-전개-위기-절정-결말'의 구성이 없을 수 있다. 때에 따라서는 너무 간략하게 기술하다 보니 사건 전개가 빠르기도 하다. 그것이 또 이 쪽지 소설의 묘미이다.

이 소설을 읽을 때는 깊이 생각하지 말고 그냥 술술 물 흐르듯, 편하게 읽어라. 그리고 재미나 감동이 있으면 순간을 만끽하라. 바로 이것이 이 소설이 추구하는 목표이다.

Contents

왕꼰대 전갑질
부장의 하루

＊

오늘 전갑질(全甲質) 부장은 회사에 1시간 일찍 출근했다. 일찍 자서 일찍 일어날 수밖에 없는 전 부장은 이른 아침 식사를 아내에게 대접받고 집에 있어 봤자 아내의 잔소리만 들을 뿐이니, 일찍 출근해 인터넷 포털 사이트로 뉴스를 볼 요량이다. 지천명이라는 50대가 넘으면서 밤 열 시면 눈꺼풀이 내려앉아 자야 한다. 40대까지만 해도 동료들과 새벽녘까지 '부어라, 마셔라' 했던 그였지만, 지방간에 콜레스테롤 과다, 고혈압까지 얻었고, 마누라가 어지간히 닦달해서 더는 시달리지 않기 위해 더럽지만 늦어도 밤 열 시까지는 귀가한다. 더 먹고 싶어도 몸뚱어리가 따르지 못하니 그리할 수밖에 없었다. [ㅁㅊㄷ ㅁㅊㅇ, ㅇㄱㅇ ㅂㅂㅂㄱ]

집에 가면 이 년째 9급 공무원 시험 응시 준비를 하

는 딸년을 보면 '할 것이 오죽 없으면 그 답답한 공무원 공부나 하고 있나?' 하는 한심한 생각뿐이다. 그러면서 요즘 신세대라는 것들이 '헬조선이라느니, 막장시대라느니'라고 지껄이면 그냥 아구창을 한번 날리고 싶어진다. 얼마나 좋은 세상인가? 자기들이 사회에 적응하지 못하고 자리 잡지 못하는 것을 자기 탓으로 생각지 않고 오직 사회 탓으로 돌리면서 신세 한탄과 불만에 꽉 찬 신세대들이 한심할 뿐이다. [ㅇㄱㄹㅇ?]

　부리나케 서둘러 집을 나섰지만, 아내는 뒤통수를 향해 친정집에 같이 가게 이번 주 금요일 회사에 연가 좀 내란다. 정신 나간 마누라. 요즘 부장급에서 연가 쓰는 사람이 누가 있던가. 죽자 살자 승진욕에 야근을 밥 먹듯 하고, 주말에는 국장, 상무 등과 골프나 등산 심지어 1박 2일 낚시를 억지로 다니는 판국에 평일 연가를 집안 행사로 낸다는 것은 거의 승진을 포기하겠다는 의사 표현이다. [어싸야, 어싸.

staycation도 못하는구먼. ㅉㅉ]

아침 6시의 공기는 촉촉하니 습기를 많이 품었다. 바람은 살랑거리며 그의 낯을 시원하게 쓸고 간다. 자가용에 시동을 걸고 핸들을 가볍게 잡은 후 기어를 D에 놓고 출발한다. 주차장을 빠져나온 그는 액셀러레이터에 힘을 주며 힘껏 발진한다. 이른 시간이라 달릴 수 있는 특권을 맘껏 누려본다. 그러면서 오늘 있을 일정을 곰곰이 그려본다. 신입 사원이 새로 오전 중에 배정될 터이고, 오전 상품발주 회의가 있다. 팀원들과 점심을 함께 먹고, 오후에 신상품 기획안을 검토하며, 퇴근 후에는 신입 사원 환영회로 회식이 있을 예정이다. 오늘도 역시 밤 10시가 다 되어서 귀가할 일정이었다. 지치고 힘든 하루가 약속되어 있지만, 술을 원체 좋아하는 전 부장은 흡족한 마음에 입꼬리가 살짝 들린다. [인싸라 그렇지.]

오늘은 출근길에 앞에서 초보 딱지를 붙인 차들이 유독 많다. "저 때문에 미치겠죠? 저는 돌아버리겠어요."를 딱 붙여 놓고 버젓이 나온 차도 있었다. 헤드라이트를 깜빡이고, 클랙슨을 여러 번 빵빵대며 숨 가쁘게 회사에 도착했다. 물론 그 차들을 실컷 욕해주고, 추월 후 급정거를 살짝 맛보기로 해주었다. 그러면서 자신의 병아리 시절은 아예 생각나지도 않고 원래 태어나면서부터 운전을 배우고 나온 것처럼 착각한다. [ㅎㄱ. 이건 노노.] 회사 1층 로비에서 수위에게 눈인사하고, 곧장 엘리베이터 앞에 섰다. 올라가는 스위치를 누르고 잠시 기다린 후 도착한 엘리베이터 안에 발을 들여놓고, 안쪽의 게시판을 슬쩍 스친다. 한 어린 아들이 "아빠, 오늘은 일찍 들어오세요."라는 문구와 환한 웃음기로 아빠를 기다리는 아이의 사진이 붙어 있다. 어처구니가 없다는 표정으로 쓴 웃음을 짓는다. [ㅇ?]

잠시 후 5층에 정지하고 전 부장은 사무실로 들어선다. 역시 오늘도 1등으로 출근이다. 문 바로 앞의 책상은 그 위에 아무것도 놓인 게 없이 깔끔하다. 육아휴직으로 1년간 집에 있는 A의 책상이다. 여자도 아닌 남자가 육아휴직을 내놓고 집에 있는 A가 영 못마땅하다. [머선129? ㅇ? 이건 쉴드 쳐야 해] 자신은 연가 하루를 낼 때도 벌벌 기면서 눈치를 보는데, 요즘 젊은것들은 겁대가리 없이 당당하게 한 달도 아닌, 1년이나 떡 하니 내고 들어갔다. 최근 인구 부양시책의 일환이기에 쓴소리를 내지 못하고 인사과에서는 승인했지만, 요즘 그런 사람들이 하나둘 느는 분위기가 심상치 않다.

자리에 앉아 포털 뉴스 서핑을 한 지 한 시간이 지났을까? 회사 앞 원룸에 사는 노총각 김 대리가 부스스한 머리 꼴로 출근한다. "안녕하세요, 부장님." 하며 출근하는 그를 향해 "머리 꼴이 그게 뭔가? 거울

좀 보게." 하며 지청구를 한마디 한다. [꾸꾸꾸야. ㅋㅋ]

"내가 당신 나이 때는 옷맵시와 머리 빗질을 출근하며 확인하고 사무실에 들기 직전에도 마지막으로 화장실에 들러 재차 확인하고 했는데 말이야, 요즘 사람들은 영~여엉." [ㅉㅉ]

아침부터 기분 좋지 않은 말을 들은 김 대리는 속으로 '저거, 왜 또 아침부터 시비야! 나는 이렇게 살라니 너나 잘하셔요.'라고 생각한다. [할많하않] 그러나 겉으로 전 부장을 향해 헤헤거리며 웃고 만다. 김 대리를 시작으로 오 분, 십 분 간격으로 사원들이 들어온다. 시계를 올려보니, 얼추 8시 반이다. 이제 삼십 분 내로 나머지 서너 명이 들어올 터이고, 9시 정각을 기준으로 일 분을 남기고 대여섯 사람들이 칼출근을 할 것이며, 차로 십 분 거리 B 군이 숨을 헐레벌떡하며 들어올 것이다. 작년에 들어온 신입인데, 밤늦게까지 무엇을 하는지 늘 늦잠을 자다가 늦는 친구이다. [뉴비의 삶] 자기 젊을 때는 아무리 새벽까지 술을 먹어도 출근은 칼같이 지켰는데, 요즘 젊은 세대들은 밀레니얼 세대라는 둥 하면서 무슨 특권 계층처럼 생활 규제를 못하고 겨우겨우 살아가는 모습이 못마땅하다. [흐ㄹ]

　오전 11시. 인사과 백 대리가 신참 하나를 뒤에 꿰차고 사무실에 들어섰다. 얼굴은 하얗고 희끄무레한 데다 바가지 머리를 한 여자 사원이다. 순간 전 부장은 '에잇' 한다. [흐ㄹ] 그렇게 남자 사원 하나 추가해달라고 했는데, 또 여자 사원을 줬다. 백 대리가 간단하게 신참의 약력을 소개하고, 전 부장에게 환영의 인사말을 넘긴다. 전 부장은 영혼 없이 일상적인 환영사를 간단히 읊조리고, 맨 마지막에 "오늘 신입 환영회는 바로 하지?"라는 말에 힘을 주면서 끝낸다. 바로 위 선임인 B가 화사한 얼굴로 신입 사원에게 자리며 사무용품을 챙겨주고, 간단히 업무를 안내한다. 대강 안내가 끝날쯤 전 부장은 그 자리를 향해 천천히 다가가 몇 마디 묻는다.

"그래, 올해 나이는 얼마이고, 결혼은 했나?" [오나 전 무지성. 부장 어택이네.]

정신없는 가운데 훅 들어온 부장의 질문을 신입 여 사원은 난감해하며, 주저한다. 옆에 있던 B는 '더럽지 만, 대충 얼버무리라.'라는 뜻으로 눈빛을 전한다.

"미혼이고요, 나이는 맞춰보세요?"

신입의 되묻는 대꾸에 전 부장은 '이거, 물건이 하 나 들어왔구먼. 허허. 나이야 인사과로 내가 알아보 면 되고, 보통내기는 아닌데!'라고 생각한다.

이러는 사이 시계는 정오 오 분 전이다. 기획과 이 과장을 향해 전 부장은 말한다.

"이 과장! 오늘 점심은 뭐 먹나?"

사무실 직원들은 긴장한다. 오늘은 어느 팀에 가 서 점심을 같이 드시려나 하는 궁금함에 귀를 쫑긋 한다. 이 과장을 부르는 것을 보니, 그 팀의 구성원과 점심을 먹을 생각인 듯하다. 전 부장은 작은 목소리로 혼잣말을 한다.

"오늘은 영인동 뒷골목 청국장의 구수한 냄새가 그립네, 그려." [으이구, 꼰대질]

이때를 놓치지 않고 기획팀의 박 대리가 "그렇지 않아도 우리 팀이 청국장 먹으러 갈 참이었는데, 같이 가시죠?" 한다. 팀원들의 얼굴은 겉으로 웃지만, 얼굴은 반가운 낯빛이 아니다. 오늘은 각자 먹고 싶은 걸 먹으러 가는 날이 아닌 것이다. 웃픈 현실….

"그래? 그럼 오늘은 기획팀이랑 같이 갈까?" 하며 흡족한 너스레를 전 부장은 떤다. 전 부장과 함께 점심을 먹는 날은 단 한 명의 열외도 없이 꼭 같이 가야 한다. [나일리지 모습!] 명목상 공동구성원의 일치된 모습을 보여줘야 한다는 논리이지만, 사실 평사원들은 밥 먹는 시간까지도 맘 편히 먹지 못하고 업무 얘기에 상관들 눈치 보는 것이 영 달갑지 않고 불편하다. [밥블레스유] 많은 회사가 점심은 자율적으로 개인 취향에 맞춰 식사하는 곳이 많은데, 아직도 이 회사는 다른 부서는 그렇게들 하고 있지만, 전 부장 부서는 그것을 일절 용납하지 않는다.

전 부장의 단골 청국장집에 도착했다. 못 보던 식당 보조 아줌마가 "어서 오세요." [5°5:5] 하면서 서성인다. 전 부장은 수인사한답시고,

"어이! 거기 아줌씨! 못 보던 얼굴인데, 새로 오셨나?"

나이가 오십은 넘었을 듯한 초로의 여인인데, 고생한 탓인지, 이마와 손에 주름이 자글자글하다. 옷은 원피스로 단정하게 차려입고 식당 보조용 조끼를 입고 있다. 공손하지 못한 부장의 말투가 거슬리지만, 단골인 듯하여 아주머니는 억지웃음으로 화답한다. [억텐하시고 계시누만]

"네, 어제부터 나왔는데, 잘 부탁합니다."라며 허리를 수그린다. 전 부장은 자기 뒤의 팀원을 한 번 죽 둘러보며,

"나 여기 단골인데, 잘 좀 보셔. 싸비스도 좀 챙겨주고."

아줌마는 대답 대신 고개를 까딱한다. 언제 봤다고 반말투 거리인가 영 기운이 씁쓸하며 배알 티가 생긴다. [킹받았네] 잠시 후 청국장이 뚝배기에 담겨 나온다. 팀원 중 대학을 갓 졸업하고 들어온 지 삼 년 차 C 사원은 코에 담기는 퀴퀴한 청국장 냄새에 코를 한번 손으로 막았다 바로 내린다. 그녀는 먹는 건 크게 문제가 없으나, 냄새를 그다지 좋아하지 않는다. 썩 좋아하지 않지만 그렇다고 그런 내색을 이 자리에서 할 수 없다. 부장은 오전에 있었던 회의 때에도 개인적인 의견을 자유롭게 말하라고 했지만, 사원들이 각자의 의견을 말하면 자기 생각과 맞지 않을 때는 무조건 면박을 주거나 발언 기회를 주지 않았고, 회의는 말만 회의지 부장 한 사람의 일방적이고 독단적 의견을 전달하는 장이었다. [이건 노노. 킹받네.]

마파람에 게 눈 감추듯, 뜨끈뜨끈 청국장에 살살 녹는 애호박 그리고 거기에 탱탱한 두부. [군싹인데?] 후루

룩 쩝쩝 부장의 입소리를 들으며, 점심 식사를 이십 분이 지나서 끝났다. 여타 사원들은 식사 시간만이라도 여유를 갖고 천천히 먹고 싶었으나, 전 부장이 워낙 머슴밥 먹듯 빨리 먹어 치워서 늦게 먹는 사람들은 눈치가 보이기 일쑤였다. 전 부장은 밥을 늦게 먹으면,

"바쁜 시대에 그렇게 세월아 네월아 하면서 먹으면 굶어 죽기 딱 십상이야. 바야흐로 전광석화 같은 시대 흐름에 발맞추려면 쏜살같이 먹는 게 맞지. 안 그런가?" 하며 재촉을 했다. [오나전 찐따 고나리구만.]

결국, 대충 마무리하고, 식후 차 한 잔을 먹기 위해 커피숍을 찾았으나, 오늘은 웬일인지 사람들로 만원이라 전 부장이 간단하게 편의점 커피를 사겠다고 하며 선심을 베푼다. 둘레둘레 따라간 사원들은 눈치껏 비싸지 않은 것을 고른다. 편의점 아르바이트생에게 전 부장은 다짜고짜 반말로,

"여긴 커피가 다양하지 않네. 이봐! 언젯적 커피를

갖다 놓은 거야. 완죤 골동품 커피 전시장이네. [레어템만 놨단 야기] 주인장한테 얘기해서 제발 좀 최신 유행 커피 좀 갖다 놓으라 그래. 알았나? 장사를 이따위로 대충 대충해서 어찌 살아. 이거 전부 해서 얼만가?"

　반말로 콩이니 팥이니 이야기하는 전 부장의 태도에 아르바이트생은 불쾌한 낯빛을 한다. [부장아, 제발 ㄷㅊ. 꼰대의 전형이구먼] 가격만 제시하고 더는 얼굴을 보기 싫어 시선을 맞추지 않는다. 같이 간 사원들은 데면데면한 아르바이트생에게 전 부장을 대신해 좀 미안하다는 표정을 짓는다. 손과 손에 커피 하나씩을 들고 삼 분 거리의 작은 공원 벤치에 앉았다. 그러면서 이런저런 이야기 도중 한참 연애 중인 D 사원에게 진도는 어디까지 나갔으며, 연애는 고무줄처럼 당겼다 풀었다는 식으로 하라는 둥, E 사원에게는 요즘 허리 관리는 잘하고, 애는 언제 낳으려고 하느냐는 둥 남 개인일까지 '이래라, 저래라' 훈수를 두고 난리이다. 당사자도 다른 사람들 앞에서 답하기 곤란하지만, '굳이 그런 것까지 내가 부장에게 이야기해야 하나?'라는 생각이 들면서 대답 대신 얼버무린다. 다른 사람들도 이런 분위기 썩 내키지 않는다. [부장이 왕찐따네] 이런 싸한 분위기도 쇄신하기 위해 박 대리가 그 틈을 노려 대화에 끼어든다.

"부장님, 공사다망하신 분이 뭐 거기까지 신경 쓰고 그러셔요. 다 자기들이 알아서 합니다. 그냥 내버려 두세요."

이 말을 들은 전 부장은 갑자기 토심을 드러내며,

"자네, 지금 날 가르치는 겐가? 참! 요즘 것들은 위아래가 통 없어."

이에 박 대리는 아차 싶었다.

"아닙니다. 제가 어찌 감히. 죄송합니다." [낄끼빠빠하시지. ㅋㅋ]

그때서야 전 부장의 얼굴은 약간 수그러든다.

"승패는 병가지상사(兵家之常事)라고, 누구나 실수는 할 수 있지. 다음부터는 조심하게."

박 대리는 '후유' 하고 안도의 한숨을 쉰다. [ㅎㅎ] 도통 벽창호인 중년 상사들의 맘 씀씀이를 머릿속에 재삼 각인한다.

그러면서 전 부장은 시키지 않았는데, 자기 자랑을 일삼는다.

"내가 한때는 여자가 한 트럭씩 줄줄 따랐는데 말이야. 요일마다 두세 탕씩 데이트하며 안 들키려고 맨발에 땀난 적이 한두 번 아니야. 그리고 한번 성은을 입으면 여자들이 죽자 살자 바짓가랑이를 부여잡고 했는데, 말이야. 쩌~업 쩝. 그땐 여자들 손 한 번만 잡아줘도 좋아서 미쳤었지. 히힛."

기획팀원들은 긍정도 부정도 아닌 대답으로 "네에~."를 길게 내뱉는다. [부하들 모두 꾸꾸꾸라 생각하겠구먼]

소화가 속 시원하게 되지 않는 점심을 먹은 팀원들은 오후 근무를 시작한다. 모두 새롭게 출시될 상품 기획에 열을 올리고 있다. 업체에 전화하고, 인터넷 포털을 통해 각종 정보도 파악하며, 주요 업체의 예상 반응과 조언, 홍보 전략, 필요 예산 등을 꼼꼼하게 정리하고 준비한다. 화장실 다녀올 틈도 없이 종종거리며 오후 일과가 지나간다. 자본주의 회사에서 월급은 그냥 호락호락해서는 주지 않는 악질적 보상이다. 한 시도 멍을 때리거나 쉼 있는 여유를 조금도 허락하지 않는다. [○○]

　퇴근 십 분 전이다. 사원들은 서서히 하루 일을 억지로 마감하며 퇴근 후 일정을 준비한다. 형식만 바뀌었지, 어쩌면 제2의 출근인 셈이다. 오늘 퇴근 후 신입 사원 환영회라 1940년대 나치스 당수인 히틀러도 그랬을 것처럼 전원 참석이다. 그래도 코로나 창궐 시절의 습관 탓에 밤 10시까지여서 천만다행이다. 그 이전에는 '부어라, 마셔라', 자정까지 3차는 기본이었고(그래도 여사원은 배려한답시고 밤 10시엔 보내주었다. [그래도 여자는 ○ㅈ했네]), 때론 새벽 두세 시까지 가다 보니, 그냥 여관이나 모텔에서 쪽잠으로 잠깐 눈을 감았다 출근하는 때도 있었다. 특히 회식 때 저경력 사원들에게 고역은 퇴근 시각이 되면 회식 장소에 미리 뛰어가서 음식점에 수저와 물, 술, 음료수, 안주 등을 미리 세팅해 놓아야 하며 한우 로스나 삼겹살이 안주일 경우는 쉬지 않고 고기 굽기에 정신이 없다는 것. 그래서 그들은 고깃집 회식을 싫어했고, 굳이 고깃집이라면 다 구워나오는 집이나 닭, 오리 등이 완전히 요리되어 나오는 곳을 선호했다. [핑프들은 힘들겠구먼] 여사원들도 개중에 고깃집을 싫어하기도 했는데, 회식 후 버스나 지하철을 타고 가다 보면 그 냄새 때문에 곤욕을 치른다. 그렇다고 밤늦게 여자 혼자 택시를 타고 가는 것이 좀 두렵기도 하고. 여하튼 이것저것 걸리는 것이 많다.

오늘도 메뉴는 전 부장이 고른 삼겹살집이다. 언제나 메뉴는 그가 고르고 그가 먹고 싶은 것이 메뉴로

정해졌다. 물론 오늘도 신입 사원 환영을 핑계로 전 부장이 혼자 술을 다 먹었다고 해도 과언이 아니다. [아! 노노] 신입 사원을 억지로 서너 잔 먹이더니, 환영 인사를 잠깐 할 뿐이었고, 시간이 지날수록 남 얘기, 타 부장 욕설, 타 부서 까기, 자기 자랑으로 부장이 분위기를 주도하며 솔선했다. [으이그, 오나전 왕꼰대]

시간이 흘러 하나둘 불콰하게 취해지기 시작하면 그가 줄곧 외치는 말이 "야! 그럼 다음은 어디? 모두 가지 마. 우리는 모두 한 가족이고, 한 공동체야. … 이제 좀 취했네. 그럼 이제 이차는 어디로 갈까? 이차는 내가 살게." 등이 항상 같은 레퍼토리였다. 결국, 좋든 싫든 전 부장의 독선에 이끌려 개 끌려가듯 따라간 사원들은 삼차까지 갔지만, 정작 계산은 전 부장이 안 한다. [돈쭐을 해야 하는데…] 다음날 모두 1/N이다. 다음날 전 부장은 출근하면서 '어제는 기억이 하나도 안 난다.'라는 핑계로 계산 이야기는 전혀 언

급하지 않는다. 날마다 속지만, '그래도 오늘은 진짜로 한 번 제대로 내겠지?' 하고 기대를 했건만 여지없이 뭉그러진다. 내일도 그는 늘 그랬던 것처럼 제일 먼저 출근하며 애사심을 강조할 테고, 자기보다 늦는 사원들을 곁눈질하면서 혀를 끌끌 차고 얼굴을 찡그릴 것이다. [복세편살하길]

후기

전 부장의 행실을 신세대들의 처지에서 그들만의 용어를 첨기해 기존 세대의 생각을 바로잡는 데 참고하고자 했다.

화상의
그림자

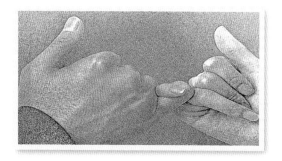

*

　　내가 H읍 중학교 국어 교사로 발령받은
것은 교원 임용고시를 세 번이나 떨어지고, 마지막이
라 생각해서 본 네 번째에 겨우 붙은 후이다. 그해 시
월에는 Y대 ○광수 교수가『즐거운 사라』라는 소설로
외설이니 예술이니 설왕설래하다가 급기야 ○ 교수가
구속되는 소문을 뒤로하고 치러진 임용고시였다. H
읍은 읍이라고 하지만 시내 인구가 고작 만 명이 될
듯한 조그마한 소도시이었다. 시내 초입 양지뜸에 작
고 오망하게 자리 잡은 교정은 전교생이 불과 백여
명 남짓한 전형적인 농촌 중학교였다. 삼나무와 느티
나무가 현관 앞에 걸리버여행기의 거인처럼 우뚝 자
리 잡았고, 울타리는 청단심과 홍단심 무궁화로 곱게
둘러쳐진 앙증맞은 학교였다. 교문 앞에는 귀한 아사
달 무궁화 두 그루가 양옆을 호위하고 있는데, 등교

할 때마다 그 두 그루는 군대 위병소 역할을 톡톡히 하고 있었다.

　그저 어릴 적부터 온실 속 화초처럼 곱게 순탄한 길만 걸어온 나에게 교사란 애초부터 어울리지 않고 고쟁이에 양복 재킷 입은 꼴이었다. 교과 지도야 지식의 측면이 강해 그나마 어떻게 주섬주섬 진행할 수 있었으나, 학생들 생활과 관련된 상담은 늘 어렵고 역량 밖이었다. 다양한 경험도 없으려니와 힘들게 살아온 역사도 없는 나에게 형편이 어렵거나 행동이 거친 아이들을 말로써 착한 길로 인도하기란 전혀 만만치 않은 일이었다. 이런저런 이유로 발생하는 번아웃(Burn-out)으로 몸과 맘이 노곤한 초짜 샘이었다. 특히 교직 육 년 차에 만난 염태 사건은 두고두고 마음에 감기는 일이었다.

　내가 가르치는 황염태는 공공 영구임대아파트 11

평에서 할머니와 살았다. 중학교 1학년의 몸이지만 160cm의 키로, 또래에게 처지지 않았고, 검은 숯으로 그려놓은 듯 짙은 눈썹에 삼 밀리미터의 깊은 쌍꺼풀을 반달 모양으로 가졌다. 잘 익은 육쪽마늘을 올려놓은 콧부리와 어지간한 중간 크기의 귤은 한입에 들어갈 입에 선홍빛의 두툼한 입술을 에둘렀고, 머리는 덥수룩한 것이 삼단처럼 굵고 수북했다. 몸체는 짱짱하니 탄력 있는 근육질로 다부지게 생겼고, 다리 종아리는 기다란 국수 호박 하나를 달아 놓은 듯 둥글넓적했다. 엉덩이도 어지간한 수박 두 개가 맞닿은 것처럼 오목하니 넙데데했다. 전체적으로 균형 잡힌 몸이었으나, 옥에 티라면 머리가 몸과 비교해 약간 큰 편이라고 할까. 얼굴에는 장난기가 있어 늘 빙그레 웃으며 해맑았고 언제나 가방을 휘돌려가며 학교에 다니는 그런 아이였다.

그는 애당초 공부와는 담을 쌓았고, 성적은 안중에

없었다. 음전한 행동거지에 심성은 착하지만, 아이들을 대동해 돌아다니기를 그렇게나 좋아했다. 시간만 나면 같은 취향의 급우들과 놀 작전을 짜고 방과 후에는 여지없이 그들과 작전을 수행했다. 어쩌면 몽니를 부리는 것이 그의 유일한 낙이었을까? 수업 시간에 눈을 뜨고는 있었지만, 그저 넋 놓으며 지내는 그런 영혼 없는 눈빛이었다. 그렇다고 절대로 자지는 않았다. 다른 아이들이 공부하는 데 훼방하거나 괴롭히지 않고 가리 틀며 수업 분위기를 해칠 정도의 품행을 자행하지 않았기에, 사실은 큰 문제가 없는 무관심의 아이였다.

사실 교사는 수십 명의 아이를 품 안에 담고 손아귀에 굴리기란 여간 녹록지 않았다. 초짜 시절 욕심 같아서는 얼마 안 되는 그들을 다 품을 것만 같았지만, 시간이 흐르면서 이는 한낱 이상에 불과함을 깨달은 지 오래되었다. 염태처럼 학교 폭력이나 도난,

갈취, 흡연 등의 사건을 저지르지 않고 사이좋게 아이들과 잘 지내는 아이들은 오히려 고마울 뿐이어서 관심 밖에 있었다고 할까. 생활 형편은 어려웠지만, 맑고 명랑하게 그리고 구김 없이 자라나는 알심 가득한 중1의 학생이었다.

그런데 그런 그가 여름부터 갑자기 삐뚤어지기 시작했다. 초여름 문턱인 6월이 되자 교정에는 야외 수업을 모두 접고, 더운 열기를 훅훅 불며 교실 안에서 아이들은 어울렁더울렁 지냈다. 아이들은 약간의 더위도 참지 못하고 틈만 나면 선풍기를 강풍으로 틀어댔다. 설치한 지 오래되고 수시로 수선을 보지 않은 탓인지, 선풍기 날개가 돌아가는 소리는 자발없이 윙윙거리며 교실 분위기를 압도했고, 이에 편승해 아이들은 지껄이고 떠들며 시끌벅적하게 지냈다. 선풍기 바람을 싫어하는 아이가 있고, 늘 교장 선생님은 아이들의 전기 절약을 강조하던 터라 담임인 나는 더위와의 전쟁을 교실에서 아이들과의 선풍기 끄기 전쟁으로 치렀다. 그래도 6월이니 그렇지 실내온도가 섭씨 25도를 오르내리면 에어컨과의 싸움도 더해진다. 어떤 아이는 에어컨 앞에 늘 있다가 냉방병에 걸려 콜록거리는 아이도 있었고, 어떤 아이는 너무 온도를 높게 설정해 더워 미치겠다며 자기 등 뒤에 난 땀띠를 네게 불쑥 보여주곤 하였다. 40명이 넘은 아이들이 제각각 개성과 체질이 다 달랐으니, 이를 하나로 통일하기란 본래부터 불가능한 일이었다.

5월 중순부터 실내기온이 20도를 오르내리면 성질 급하고 열이 많은 아이는 춘추복 교복을 벗어 던지고 반소매의 하복을 서둘러 입었다. 어쩌면 그들은 오랫동안 입었던 긴소매에서 벗어나고자 하는 일탈을 행동으로 보여주기 위해 비롯되었는지도 모를 것이었다. 그때 즈음이면 학생과에서 춘추복과 하복을 혼용해도 괜찮다는 허용 기간을 두지만, 아이들은 그 기간이 되면 순식간에 과반수가 하복을 입으며 더위를 식혔고, 개중에는 따돌림이 되지 않으려고 추워도 입는 빙충이들까지 하나둘 등장했다. 그러는 와중에 선구적일 것 같은 염태는 이상하게도 그와 반대로 성급하게 반소매를 챙기지 않고 되레 춘추복을 계속해서 고집했다.

6월 중순, 하복 전용기간이 시작되었다. 그런데 염태는 긴 와이셔츠를 그대로 입은 채 등교를 했다. 6월, 아니 7월 무더위 때에도 긴 와이셔츠를 입었다 하여 교칙을 위반했다고 처벌하지는 않는다. 당시 교장 선생님은 전기나 물자 절약은 유별날 정도로 강조했지만, 인권 옹호 운동을 하는 부인의 간접적 영향을 받은 덕인지, 교칙 적용은 좀 여유가 있었다. 이제는 학생들 인권을 보호해주고 개성을 존중한다는 차원에서 규격화된 교복 착용을 강조함은 시대에 후퇴하는 처사라는 방침이었다. 따라서 긴 와이셔츠 착용이 교칙에 어긋나지는 않는다.

그러나 대다수, 아니 전교생이 하복을 입었지만, 유독 염태는 달랐다. 하복을 구매하지 못해 벌어진 일로 착각했으나, 같이 교복을 맞추러 간 친구들이 있어 잘못된 촌극으로 끝났다. 친구들에게 인기가 있었던 염태의 행동에 아이들을 비롯해 선생님들도 자못 의아했다. 아이들에게 신망이 두터운 아이가 무엇이 못마땅한 것인지, 그 무더위에 땀을 뻘뻘 흘리며 긴 소매를 고집하는 염태가 이상하고 신기했다. 그 이유를 아는 이는 아무도 없었으며, 이는 결국 염태와의 상담을 통해 늦게서야 나는 알게 되었다.

기초생활보장대상자나 차상위 계층처럼 형편이 어렵고 결손 가정의 생활 상태를 항시 점검하는 것은 담임 교사의 중요한 임무 중 하나였다. 염태는 어려웠지만 늘 맑고 명랑했으며 친구들과 사이좋게 지냈다. 그러나 여름이 되면서 극도로 말수가 적어지고 신경이 날카로웠으며 긴 와이셔츠를 고집해, 아이들은 이

에 대해 추측만 무성할 뿐 딱히 똑 부러지게 납득이
갈 만한 정보를 얻지 못했다. 떠돌아다니는 소문도
각양각색이어서, '멋 내느라 저런다, 빨지 못해서 그
런다, 팔뚝에 때가 많은가 보다, 몸에 큰 문신이 있나
보다, 겨드랑이털이 없어 창피해 그런 거다.' 등의 따
위가 입에서 입으로 돌아다니기만 할 뿐 정확한 정보
는 아무도 알지 못했다.

이렇게 소문만 무성한 가운데, 상담실에 불려온 염
태는 한참 동안 말을 하지 않았다. 을러보고 둘러보
고 어깃장을 놓아도 별 반응이 없이 묵묵부답이었다.
그렇게나 천둥벌거숭이로 천방지축인 아이가 돌연
과묵한 것은 담임으로서 심각한 일이 아닐 수 없었
다. 기다렸다. 마음을 정돈할 시간이 필요한 듯 보였
다. 서둘다가 상담을 그르쳐서는 안 될 일이었다. 그
간 나에게 염태는 어려운 집안일도 쉽게 털어놓고 친
구들 갈등도 조정해주는 또래 중재인 역할을 야무지

게 하던 터라 믿음직하며 신임을 많이 얻고 있던 차
였다.

　그러나 이번은 뭔가 느낌이 좀 달랐다. 증오의 눈
빛이 눈알에 가득했고, 초점 없는 눈길과 막무가내로
자행하는 행동거지가 당황스러웠다. 상담실에서 침묵
과 고요의 시간으로 십 분여가 지났을까? 갑자기 염
태는 눈시울이 붉어지며 눈 밑에 물이 가득 고였다.
그리고 소리 없는 눈물을 얼굴 한가운데로 곧게 흘러
내렸다. 그는 울먹이며 살천스럽게 내뱉기를,
　"전 여름이 싫어요. 정말로, 진짜로, 지긋지긋하게
짜증이 나요."
　숨을 식식 몰아쉬며 나타내는 갑작스러운 그의 반
응에 어리둥절했지만, 차분히 마음을 가라앉히고 염
태의 눈을 가만히 내려보며 다정스럽고 낮낮하게 대
꾸했다.
　"그래? 무슨 사연이 있나 보구나. 그래. 모두가 여

름이 좋을 순 없지. 사람마다 경험과 추억이 다르니까. 선생님도 그다지 여름을 좋아하진 않아. 모기 많고 파리 윙윙거리고. 근데 넌 왜 그러니? 선생님께 이야기해 주면 안 될까?"

용기를 내지 못하고 머뭇거리는 염태는 심호흡을 한두 번 크게 하더니, 그 사연을 조곤조곤 한 마디씩 실타래를 풀기 시작했다.

할머니와 단둘이 반지하 방에 살았던 여섯 살 때 일이었다. 간단한 점심거리로 할머니는 라면 물을 올렸는데, 잠깐 할머니가 화장실에 볼일 보러 간 사이 가스레인지 위에 있는 냄비 물을 어린 고사리손으로 건들다가 엎었다. 팔팔 끓으며 섭씨 백 도를 훌쩍 넘은 물은 염태의 오른팔에 쏟아졌고, 그로 인해 오른팔에 3도 화상을 남겼단다. 그리고 엎어진 냄비와는 별도로 가스레인지 불꽃은 꺼지지 않고 활활 타올라, 그로 인해 반지하 부엌 찬장에 불이 붙었지만,

지나가던 손수레 아주머니가 그나마 빨리 119에 신고했다.

할머니는 귀한 손자가 화상을 당하자 흔하게 하는 민간요법으로 된장을 찾아 헤맸다. 그리고 된장을 자지러지게 우는 아이의 화상 부위에 덕지덕지 발랐다. 그러나 오히려 이것이 화근이 되어 염태 오른팔의 모세혈관을 확장 시켰고, 부종은 더더욱 악화하였다. 게다가 된장을 바르는 와중에 나쁜 병균까지 오염되어 접촉성 피부염까지 동반하게 되었다. 게다가 부엌에 불이 난 것을 나 몰라라 하는 바람에 화재가 생각외로 커졌다. 찬물이나 오이즙으로 빨리 화상 부위를 식히고 병원에 연락함이 최고의 방법임을 할머니는 알 턱이 없었다. 그나마 이웃의 빠른 신고와 소방차의 신속한 도착 후 조치로 큰 피해가 없어서 천만다행이었다.

그 이후로 염태는 라면은 쳐다보기도 싫었고, 가스레인지 근처는 가기도 싫어졌다는 것이었다. 참으로 불행 중 다행으로, 오히려 그 덕에 공공 영구임대아파트로 들어가는 계기도 되었지만, 그날의 화상으로 오른팔에는 세로로 한 자가량 화상 자국이 하얗고 징그럽게 자리를 잡았다고 했다. 그러면서 마치 자신의 알몸뚱이를 보여주듯 부끄러운 몸짓으로, 와이셔츠 오른쪽을 조심스레 걷었다.

팔목의 한 뼘 되는 곳부터 시작해 알통이 굵어지는 팔꿈치 위까지 하얗게 불의 흔적을 덮어쓴 팔의 모습은 흉측했다. 가피가 많이 녹아서 떨어졌지만 약간씩 파인 곳도 있었고, 비후성 반흔이라는 떡살마저 오롯이 자리를 잡았다. 게다가 일부의 신경 조직은 파괴되어 감각이나 통증을 느끼지 못하였다. 여유가 있으면 화상 전문병원에서 피부이식수술을 받아야 했지만, 형편상 그렇지 못해 간략하고 저렴하게 처리한 듯했다. 어린 나이에 겉모습뿐만 아니라 가슴까지 상처를 입고 여태까지 살아온 염태가 오히려 대견스럽고 존경스러웠다.

　염태는 여름만 되면 그때의 기억이 생생하게 떠올라 할머니가 밉고 자신이 밉고 흉한 상처가 밉고 모든 것이 싫다고 했다. 게다가 혐오스러운 화상의 흔적은 '늘 감추고 싶은 영원한 비밀이 되고 싶었다.'라는 거였다. 초등학생 때는 붕대도 감아봤지만, 나중에 땀띠가 나서 고생하거나 염증까지 발생하여, 중학생부터는 차라리 긴 소매 옷을 입고 다니기도 결심했다는 것이었다. 어린 나이에 안과 밖으로 깊은 상처가 뿌리 깊게 내렸음을 보면서 도와주지도 못하고 아무 말도 하지 못한 채 상담은 끝났고, 횅뎅그렁한 상담실에서 담임 교사인 나 자신의 무능함에 자책감만 들었다.

염태는 그 무더운 7월 한 달을 긴 팔 와이셔츠를 입고 묵묵히 이겨냈다. 유난히 땀이 많아 조금만 활동을 해도 긴 팔 와이셔츠에 땀이 질펀하게 배어 나왔다. 땀이 많은 그를 위해 흡수력 좋은 면수건을 하나 주며 닦으라고 했지만, 내가 그를 도울 방법은 그다지 많지 않았다. 그저 할 수 있는 일이란 조용히 반장을 불러 염태의 긴 팔 와이셔츠 착용에 대해 말하지 못하는 사정을 급우들이 이해하고 신경 쓰지 말고 염태를 대하는 것이 최선임을 당부하기만 했다. 물론 선생님들께도 그렇게 당부하기는 마찬가지였다. 아이들과 선생님들은 이러한 나의 부탁을 살뜰히도 잘 따라 주었다.

염태는 유복한 가정이었으면 참으로 명랑하고 활달한 모범생으로 자라날 아이였다. 천성이 곱고 행동거지도 착실했다. 그러나 그의 삶은 어리지만 기구했다. 그 출발은 태생부터 그랬다. 아버지는 어린 나이에 날품으로 막노동을 하며 지내다가 동병상련으로 같은 처지에 식당에서 일하는 여인을 만나 동거했고, 거기서 덜컥 생긴 염태를 어머니는 끝내 지우지 못하고 출산했다. 자식에게 발목 잡히는 삶 자체를 싫어했던 아버지는 동거 생활을 청산하고 어디론지 훌쩍 떠나갔고, 어머니마저 발목 잡는 짐 덩어리로 생각해 돌을 막 지난 염태를 홀어머니에게 맡기고 연락이 끊어진 상태였다. 할머니에게 맡겨진 염태를 찾아 아버지와 어머니는 한 번도 찾아온 적이 없고, 무정한 세월 속에 그저 그렇게 염태는 할머니 손에서 애지중지로 커나갔다.

염태는 가끔 엄마를 그리워하곤 했다. 그러나 할머니는 매몰찼다. 할머니의 사진첩이 안방 아랫목에 있는데, 거기에서 염태가 볼 수 있는 것은 소싯적(아마 초등학교 고학년 시절인 듯) 사진 두어 장만 있을 뿐, 통 엄마의 사진은 없었다. 초등학교 졸업 후 가출하여 사진이 없던 점도 있지만, 할머니도 엄마를 증오하고 계셨다. 유복자로 딸 하나 낳아 금이야 옥이야 키운 무남독녀였다. 그러나 그 딸은 시골 생활을 유난히 버거워했고, 초등학교를 졸업하자마자 온다 간다 말도 없이 집을 나갔다. 간간이 그녀의 소식은 그녀한테서 들은 것이 아니고, 그를 타지에서 스치다 본 사람들의 입을 통해서였다. 짐승도 머리가 커지면 고향에 머리를 숙인다고 했는데, 염태 엄마는 그러지 않았다.

그렇게 십 년 동안 무소식으로 살다가 어느 날 갑자기 나타나 갓 돌 지난 아이를 넘겨놓고 줄행랑을 놓은 것이다. 할머니는 딸이라기보다는 웬수덩어리였다. 차라리 없었으면 했다. 두고두고 남편 없이 낳아 키운 자신의 팔자만 불쌍하고 아까울 뿐이었다. 그래서 초등학교 이후의 사진이 없는 것은 당연지사였고, 초등학교까지의 사진도 어느 날 술을 진탕 먹고 다 꺼내 찢어버리고 불태웠다. 그러니 염태가 찾는 제 엄마의 사진은 어린 시절의 것 두어 장뿐이었고, 그 매정한 어미 얼굴 알아서 무엇하겠느냐 하는 생각으로 염태에게 제 엄마 이야기를 일절 하지 않았다.

그래도 염태는 고맙게도 할머니를 엄마 삼아 올곧게 잘 자라주었다. 비록 컴퓨터 게임을 초등학교에 들어가서야 알았고, 피자와 햄버거라는 즉석식 음식도 학교에서 담임선생님이 간식으로 나누어 준 것을 얻어먹으며 처음 알았다. 정보 문명이나 즉석 음식을 깨달은 것은 나중이었지만, 지금도 게임보다는 밖에서 아이들과 살을 부대끼면서 뛰노는 것을 더 좋아했고, 할머니가 들녘에 막 자라난 푸성귀를 뜯어서 해준 부침개가 더 맛있었다. 돈가스나 파스타보다는 된장국과 잔치국수가 더 맛있었다. 친구들은 점심 급식시간에 김치를 먹지 않는 아이들이 많았지만, 시금털털한 김치가 그렇게 맛있을 수 없었다. 염태는 그렇게 소년 시기를 묻었다.

아이들을 가르치는 교사로서 얼마나 아이의 상처가 깊었으면 여름마다 이 고통을 연례행사처럼 치러야 하나 안타깝고 안쓰러웠다. 내가 그를 위해 해줄 수 있는 일이 무엇인지 몇 날 며칠을 고민했다. 이러한 염태를 위해 경력이 많은 선임 선배 교사나 상담 선생님과 상의하여 심리치료 센터나 무료상담 정신병원에 의뢰도 했으나 염태는 극구 사양했고, 언젠가 좋아질 거라는 기약 없는 약속으로 치부하고 있었다.

여름 한창때에 자신의 움츠러들고 당당하지 못함을 감내하면서 염태는 묵묵하게 이겨냈다. 어쩌면 나는 그 녀석의 당당함에 놀라기보다 배울 점이 더 많았다. '그래, 인생은 내가 만드는 거야.'라는 생각이 들 정도였으니까. 이윽고 여름방학이 끝나고 돌아온 염태는 9월에 접어들면서 기온이 서늘해지기 시작하자 옛날의 모습을 고스란히 되찾았다. 그리고 여름날의 아픈 추억은 어느덧 서서히 머릿속에서 지워지고 있었다.

염태는 2학년에 오르면서 헤어지긴 했으나, 매해 여름에 긴 팔 와이셔츠를 입는 한두 달만 아니면 여느 아이들처럼 밝고 맑게 잘 자라주었다. 3학년 때는 전교 학생회 임원이 되면서 서서히 그 상처를 이겨내려는 모습이 역력했고, 가정 형편상 보건 계열 특성화고등학교에 당당하게 진학하였다. 그의 꿈은 응급구조학과에 진학해 제2의 자신 같은 사람이 없도록 지원하고 도와주고 싶다는 포부를 갖고 있었다.

내가 염태의 소식을 다시 듣게 된 건 스승의 날을 맞이하여 찾아온 졸업생 아이들을 통해서였다. 그들의 입을 통해 들은 염태의 이야기는 나의 마음을 한껏 아리게 했다.

염태는 포부대로 보건 계열 대학에 특별전형으로 입학하기는 했다고 했다. 할머니와 아직도 같은 아파트에서 다달이 정부와 지자체에서 주는 생활보조금으로 근근이 생활을 끌어나갔고, 학비는 어려운 형편을 고려해 전액 면제를 받았으나, 책값이나 식비 등의 소소한 경비는 자신이 마련해야만 했다. 염태는 분까지 쪼개서 아르바이트했다고 한다. 편의점은 물론이고 아파트 구역 택배에 심지어 대리운전까지 하면서 하루 24시간을 촘촘히 나눠 썼다. 그러나 삶을 부닥치면서 새 꿈을 이루려는 염태에게 무심하게도 시련은 또다시 찾아왔다.

칠순이 넘어선 할머니는 염태가 자랑스러운 성인으로 성장하는 모습을 보면서 대견하고 든든했다. 할머니에게 염태는 세상의 모든 것이었고, 가장 귀한 보물이었으며, 자신이 존재하는 이유이기도 했다. 그리고 인생을 살아가는 목적이고 수단이었다. 그런 염태가 주눅 들지 않도록 할머니는 깜냥껏 최선을 다했지만, 요즘 신세대 부모들의 신식 뒷받침과 지원에 비하면 초라하기 그지없어 늘 미안했다. 특히 여섯 살 때의 화상 흔적은 모두 자신의 잘못에서 비롯되었다는 죄의식에 사로잡혀 평생 한이 되고 미안해했다. 그래서인지 자격지심으로 할머니는 염태의 화상 상처를 가장 예뻐했고, 밤마다 자는 염태의 오른팔 화상 자국을 쓰다듬는 것이 죄책감을 해소하는 유일한 낙이었다.

염태 또한 그런 할머니가 고마울 뿐이었고, 연로한 가운데 새끼 하나를 금지옥엽으로 성심성의껏 키우시는 할머니가 대단했다. 꼭 성공해서 꽃이나 바다 구경 한 번 가시지 못한 할머니를 위해 멋들어진 여행과 최고의 음식을 대접하고픈 마음이 항상 남아 있었다. 그러나 한 해 두 해 지나면서 할머니의 몸은 예전 같지 않았고, 더구나 치매 증상까지 나타나면서 염태에게는 큰 짐이 되었다. 할머니는 제정신이 돌아오면 자신의 치매 행동이 혹여 염태 앞길에 누가 될까 늘 걱정하고 고민했다. 주위 이웃들도 그러한 할머니의 딱한 사정을 고려해 물심양면으로 지원했으나 당사자인 사람들에게는 여전히 짐이고 부담일 뿐이었다.

어느 화창한 오월의 어느 날. 계절의 여왕을 맘껏 표현하며 대학 캠퍼스는 찔레꽃과 이팝나무 흰 꽃을 떨구고, 아카시아 향으로 단내를 풍기며 꿀벌들을 정신없이 유혹했다. 여기저기 펼쳐진 잔디밭에는 보랏빛 패랭이꽃과 노란 민들레가 세력 다툼을 하듯 흐드러지게 핀 그런 날이었다. 할머니는 물어물어 염태가 공부하는 대학교 강의실을 찾아오셨고, "우리 염태 달걀 프라이 좋아하는데 못 먹여 보내서 가지고 왔다."라면서 도시락통에 달걀 프라이 두 개를 알뜰히도 포개어 가지고 오셨다. 염태는 강의실에서 할머니를 맞닥뜨리고 나서 얼마나 부끄러운지 몰랐다. 그리고 몸도 성하지 못한 상태에서 강의실까지 찾아온 그 상황을 상상해보니, 마음이 쓰리고 아팠다. 물론 할머니의 치매 증세의 일환이었으나 남들은 그러한 사정을 이해하지 못하고 이런저런 안 좋은 소리로 뒷담화만 할 뿐이었다.

그 일로 염태의 별명은 '달프'가 되었고, 심지어 과친구들과 학교 앞 분식집에 가면 꼭 주인아주머니께 "얘는 달걀 프라이를 꼭 해줘야 한다."라고 놀림감이 될 정도였다. 그러나 달걀 프라이 사건은 한 번에 그치지 않았다. 비가 오는 날이나 서두르다가 아침밥을 먹지 않고 등교한 날은 달걀 프라이를 싸고 어김없이 할머니는 학교에 나타나셨다. 그렇다고 연로하고 치매 증상이 있는 분을 집안에 가둬둘 수는 없었다. 병원도 가고 약도 타서 먹고 이런저런 치유책을 마련했지만, 치매는 나아질 기미가 없었고, 오히려 심해지지 않은 것이 다행이라 생각했다. 게다가 무릎과 발목 관절까지 좋지 않으셔서 밤마다 찜질하지 않고는 잠을 이루시지 못했다.

그러던 어느 날, 염태는 제정신이 아닌 걸 알지만 할머니께 큰 소리를 지르면서 참다 참다 화를 냈다. 도저히 성을 내지 않고 참기 힘들었다. 내뱉는다고 해서 해결되지 않겠지만, 할머니의 행동에 너무 부끄럽고 창피할 뿐만 아니라 속상해서 그만 생각나는 대로 말을 막 뱉어 버렸다. 어쩌면 그것은 할머니에 대한 막말이라기보다는 자기 자신에 대한 자책이고 피해 의식이었다. '창피해서 학교를 못 다니겠다, 제발 좀 달걀 프라이는 그만해라, 집에만 처박혀 있는 게 나를 위한 길이다, 그냥 아무것도 하지 말고 집에만 있어라, 어디 가서 내가 할머니 손자라고 말 좀 하지 마라, 거리에서 나를 보아도 아는 척하지 말라.' 등.

제정신으로 돌아온 상태에서 들은 염태의 말은 할머니에게 크나큰 충격이었다. 자신의 삶에 전부인 그에게 듣지 말아야 할 말까지 들은 할머니는 자신이 살아있음 자체가 자신에게 가장 소중한 손자에게 짐만 되고 누가 됨이 죄스럽고 미안했다. 그래서 초등학교 문턱까지만 간 한글 실력으로 염태에게 보내는 마지막 하소연을 편지 한 통에 담았다.

사랑하는 엄태, 보그라.

이 할미가 마니 밉쟈? 나헌태 니는 사는 목표이구 가장 스레 귀헌 그 자채여따. 근디 이 할미가 니 앞길을 도와주기는사람 막구 잇으께 월매나 욘마땅허겟어. 나는 니 위한답시구 하는 통신인디 자꾸 우리 새게 앞길만 막구 실수해버리지네. 미안허구 지송허다. 이 할미가 못 배라 그런 것잉게 마니 배운 니가 참구 이해애라. 이 할미가 정신이 오락가락허 일이 그러께 되버지네.

이 할미가 돈 땜전 한 푼 읎어 니헌티 만난 거 못 메기게 치고로 맴에 걸린다. 그래서 달갈 후라이라두 실컷 먹이지 못헌 게 시방도 늘 눈에 발펴. 이 할미가 정신이 오락가락허민서 니에게 큰 짐이 되버저서 징말루 미안허구 헐 말이 읎다.

너는 할미헌티 잘못헌 거 한 개두 읎다. 그러니께 꺼꺽감 갓지 말구 니 몸 잘 건사허고 출통한 사람으로 성공허라. 이 할미도 너를 죽 지켜불랑게. 알굿지. 그리구 고동안 고라왓다. 니 땜에 인생이 그나마 즐거엇다. 잘 이꺼라.

　　　　　　　　　　　　　　　　　－ 너를 지그거나 이별하는 할미가

편지는 16절 복사지에 깔끔하게 밑줄을 긋고 연필 글씨로 또박또박 써서, 가로로 네 번 접고 바람개비 모양으로 접어서 염태의 좌식 책상 위에 곱게 놓았다. 한 평남짓한 염태의 방안에 휭하며 순간 바람이 일었다. 그 바람에 언제라도 바람개비 편지가 재빠르게 돌면서 날아갈 듯 덜렁거렸다. 그리고 할머니는 집 장롱에 풀을 먹여 고이 모셔놓은 하얀 저고리에 잿빛 치마를 두르고 아파트 현관을 나와 저벅저벅 어디론가 걷고 있었다. 뒤를 돌아보고 돌아보고 하면서 걸었다. 정처 없이 걸었던 할머니는 자신도 모르게 오 리쯤 벗어난 샛강 가에 다다랐다. 할머니는 조용히 반짝이는 수면을 내려보았다. 오늘은 유난히도 수면의 물비늘이, 피라미가 해질 녘 튀어 오르며 번쩍이는 것보다 찬란하고 고왔다.

그날 수업을 마치고 과제 제출로 과원들과 협의회를 마치고 오후 늦게 귀가해 편지를 확인한 염태는 부랴부랴 할머니를 수소문했다. 그러나 그 누구도 흔적을 아는 이는 없었다. 옆집 진구 할머니와 담뱃집 아주머니도 오늘은 코빼기도 보이지 않는다고 너스레를 떨었다. 할머니가 가 볼 만한 곳을 서너 바퀴 휭 둘러보았다. 어디에도 할머니의 자취는 찾을 수 없었다. 해거름이 다 지나고 밤이슬이 내리는 즈음에 동네 파출소에 노인 가출 신고를 했다. 파출소의 나이 어린 순경은 염태처럼 급하지 않았다. 좀 더 시간을 기다려보자고 격려하고, 순찰차로 동네 한 바퀴를 돌아보겠다는 약속을 했다. 염태는 발을 동동 굴렀다. 특히 할머니의 편지 마지막 구절이 자꾸 마음에 걸리고 맴돌았다.

"그동안 고마었다. 니 땜에 인생이 그나마 즐거엇다. 잘 이끄라."

지금의 자신이 있을 수 있던 것은 모두 할머니의 덕임을 염태는 잘 안다. 미운 딸의 축복받지 않은 외손자를 덜컥 떠안고 할머니는 자기 새끼처럼 오냐오냐 정성을 다해 키웠다. 라면 물 화상 사건 이후로는 더더욱 염태의 주위에 항상 할머니는 계셨다. 차를 타거나 학교에 가거나 학교에서 조금만 늦어도 동구

밖까지 나와서 눈바라기를 해주시는 그런 분이셨다. 날씨가 추워도 아무리 더워도 아랑곳하지 않고 늘 그 자리에 서 계셨다. 그런 할머니가 "잘 이끄라." 하시며 종적을 감추었으니, 몸이 달아오르는 것은 당연했다.

동네를 열 바퀴 이상 돈 것 같다. 여기저기 할머니의 종적을 여쭤봐도 애초에 남의 일을 신경 쓰지 않는 요즘 사람들의 모습일 뿐이었다. 하루 이틀 시간이 흘렀다. 그러나 할머니를 모습을 보았다는 사람은 없었다. 염태는 괴로워서 미칠 것 같았다. 마지막 비빌 언덕인 할머니가 없는 삶은 자신에게 아무 의미가 없었다. 그 이후로 염태도 종적을 감추었고 지금은 어디를 떠돌아다니는지 아는 사람은 없다고 했다.

이런 일이 있고 난 뒤 이태가 지난 어느 4월의 봄날, 세상은 잿빛에서 서서히 샛노랗고 연한 푸르름이 대지를 뚫고 용솟음치는 그즈음이었다. 사람들은 오랫동안 칩거한 몸을 야외에 내돌리느라 산과 계곡이 있는 어느 곳이든지 지천으로 쏘다니는 그 무렵, 저녁 뉴스를 보다가 뜻하지 않게 나는 염태를 보았다.

지은 지 이십 년이 넘은 연립 주택 지하 전기실에서 먼지 더께가 심해 누전으로 3층 한 동의 반이 홀렁 타버린 화재가 일어났다. 용케 한 사람만 1도의 가벼운 화상을 입고 주민 모두가 무사한 사건이었다. 소방서의 빠른 대처도 있었으나, 그 속에 한 사람의 애틋한 일화가 화제가 되었다. 스무 살가량의 청년이 소방차가 도착하기 직전 2층에 있던 다섯 살짜리 여아를 불속으로 뛰어들어가 구하고 조용히 사라진 일화였다. 이를 목격한 젊은이 몇몇이 그 장면을 핸드폰 동영상으로 촬영하였는데, 그 청년을 보면서 깜짝 놀랐다.

그동안 못 보고 잊고 있었던 염태의 얼굴을 본 것이다. 육쪽마늘의 콧부리와 큼직한 입, 탄탄한 종아리와 숯검댕이 눈썹, 영락없는 염태였다. 소방서에서는 어린 소녀를 구한 청년을 찾기 위해 여기저기 수소문했으나 찾지 못하고, 그를 아는 사람은 아무도 없었으며, 그 덕에 한목숨이 큰 상처 없이 생명을 부지했다고 했다. 동영상 속 청년의 모습은 십여 초가 채 안 되게 등장했으나, 난 분명히 그임을 알 수 있었다. 팔자 걸음새로 어른스럽고 의젓하게 큰 모습을 텔레비전 뉴스 속에서 확인하고 만감이 교차하였다.

저 우렁잇속이야 어찌 헤아릴 수 있겠냐마는 그의 삶 속에서 제2의 자신이 없었으면 하는 간절한 바람으로 불섶을 뛰어들었을 그를 생각하니, 눈시울이 뜨거워지며 아렸다. 그리고 그가 지니는 마음자리가 그토록 고와 보일 수밖에 없었다. 그는 눈에 보이지 않지만, 항상 우리 곁에 있었다. 자기 깜냥껏 무슨 일을 하면서도 할머니에 대한 그리움과 오른쪽 화상의 과거를 고스란히 지닌 채 우리 주위에 맴돌고 있던 것이다.

염태의 후일담은 더욱 내 가슴을 점점 아리게 했다. 그 어린놈이 이승의 짐을 어떻게 지고 그 죄 많은 업보를 짊어지고 살아나갈지 걱정이었다. 행방불명된 그 아이를, 잘 아는 고등학교 후배 경찰을 통해 알아보았지만, 큰 소득은 없었다. 찾았다고 해서 내가 그에게 달리 해줄 것은 그다지 없었다. 그냥 어깨 한 번 두드려주고 술 한잔 사주며 생활하는 데 보태라고 돈 몇 푼 쥐여주면 그만일 뿐 그 이상도 그 이하도 아니었다.

　지금도 간혹 스승의 날을 즈음해서 찾아오는 졸업생들과 술 한잔하게 되면 하염없이 맴도는 염태 생각에 그날은 고주망태로 술을 들이붓는다. 술잔 속에 그가 보였고, 물 먹은 술은 내 가슴을 혼란스럽게 해감할 뿐이었다. 염태도 이런 날이 많을 텐데, 그와 같이 술이나 찐하게 한잔했으면 하는데 그러지 못함이 늘 머릿속을 감긴다. 같은 하늘 아래에서 어디선가 걸어 다니는 그 뒷모습이라도 보았으면 하는 마지막 바람이다.

프로 불편러의
세상

＊

　　　　　　이름 전불만(全不滿). 나이 25세. 전문대
졸업 후 잠시 중소기업에 취직했으나 두 달을 채우지
못하고 뛰쳐나와 현재는 집에서 먹고 놀고 자며 간간
이 게임으로 세월의 흐름을 즐기는 왕백수. 그가 가
장 좋아하는 사람은 프랑스 작가 라퐁텐의 우화집에
실린 글을 우리말로 각색한 우화 '부자(父子)와 당나귀'
에 나오는 백수들이다.

　방앗간 부자가 집에서 키우던 당나귀를 팔기 위해
끌고 가는 도중 행인인 백수들이 말했다.
　"세상에, 저런 바보들, 당나귀를 뒀다 뭐하나? 힘들
게 걷지 말고 타고 가지 말이야."
　그래서 아버지는 아들을 당나귀에 태우고 간다. 그
러자 백수들은 또 말한다.

"저런 불효자가 있나? 싹수없는 놈. 다 늙은 지애비는 걷고 어리고 새파란 놈이 나귀를 타다니. 끌끌~."

이에 아들은 내리고 아버지가 당나귀를 타고 간다. 그러자 그 백수들은

"몰인정한 저 애비 좀 봐. 어린 아들은 저렇게 힘들게 걷도록 하는 게 부모 맞아?"

결국, 부자는 고민 끝에 둘 다 당나귀 등에 올랐다. 그러자 이번엔 그들이

"저런 동물 학대자들. 저 힘들어하는 당나귀 모습을 봐. 미천한 짐승이라도 저렇게 학대하면 천벌 받을 거야."

이러지도 저러지도 못한 부자는 나중에 당나귀를 내다 팔지 못하고 귀가하고 말았다. 백수들은 그 멍청한 부자의 모습에 신이 나서 킬킬대고 난리였다.

불만은 이 이야기를 읽다 오른손바닥으로 이마를 세게 한 번 쳤다. 그래. 인생은 사람들 놀리고 귀에

걸면 귀걸이, 코에 걸면 코걸이로 내 삶을 살아가면 그뿐이다. 흐뭇한 입꼬리가 활시위 모양으로 들쳐 올린다. 백수들이 아무 생각 없이 사는 듯해도 정말 논리정연하고 재치가 넘치는 자만이 백수를 누릴 수 있는 권한이 있지 않을까?

오늘도 아침 11시경 엄마의 핸드폰 전화 소리에 잠을 깬다. 자명종 역할로 온 전화다. 엄마는 꼭 이 시간 때면 불만을 깨우는 전화를 했다. 하도 귀찮아 전에는 무음으로 핸드폰을 해놓았더니, 점심이 다 된 시각에 전화하는 것도 안 받는다고 잔소리가 이만저만이 아니었다. 마지 못해 무음을 소거하고 이 시간에 받는다. 딱히 할 일 없는 사람에게 끼니를 챙기는 모정의 끝자락이다.

"미역국을 냄비에 끓여놓았으니, 데워 먹고 밥은 식탁 위에 퍼서 놓았다. 밑반찬은 냉장고에 시금치며 멸치, 콩자반이 있으니, 꺼내 먹고 먹은 후에 냉장고에 넣어 두길…"

아들 불만의 대답을 듣지 않고 엄마의 일방적 통보로 마친 후 '딸깍' 하며 전화를 끊는다. 자기 목소리를 듣고자 한 전화가 아니라 밥 시간을 알리는 통보일 뿐이다. 그럴 바에는 무엇 때문에 전화는 했는지. 꼭 점심을 정오 무렵에 먹고, 저녁은 일곱 시경에 먹어야 하는 법이 있나? 자신에게 아침 식사는 오후 1시, 점심 식사는 오후 5시, 저녁 식사는 밤 9시. 시간별로 간격도 일정하고 아침잠도 푹 자고 좋지 않은가? 물론 취침 시간은 새벽 서너 시이다. 어제는 아버지가 어디서 받았는지, 퇴근길에 영화표 두 장을 갖다 주며 왈.

"집에 처박혀만 있지 말고, 영화나 보면서 바깥바람이라도 좀 쐬라. 두 장이니, 절친 있으면 같이 가고."

영화표를 건네는 아버지의 표정은 설익은 감을 먹은 듯 떨떠름하다. 불만은 눈빛을 마주치지 않고 손만 쑥 내밀어 영화표를 받는다. 굳이 고맙다고 말을 하지 않는다. 그래 보았자 그 소리에 더 열 받은 아버지의 지청구를 듣기 싫어서이다.

이렇게 집에 틀어박혀 산 지도 어언 1년이나 되어 간다. 처음 두세 달은 부모님들이 푹 쉬면서 미래를 준비하라고 격려도 하며 몸에 좋은 음식도 가끔 해 주더니, 육 개월을 넘어서부터는 서서히 눈칫밥을 주기 시작했고, 1년이 지난 요즘은 아주 대놓고 짜증 섞인 소리를 낸다. 그러면서 불만은 거실에도 나오지 않게 되었고, 자기 방에서 문을 꼭 잠그고, 끼니때나 특별한 일이 있을 때만 거실로 나올 뿐이다. 그래도 오늘은 영화표가 있으니, 평일 한적한 낮 두 시경에 최근 미국 액션영화를 보러 갈 참이다. 딱히 같이 갈만한 친구를 그려본다. 또 다른 백수 친구 '천수'를 데리고 갈까 했으나, 그놈은 그 시간에 잠을 자고 있을 테고, 고교 시절 절친이던 '성철'은 직장에 출근했을 테고. 그냥 혼자 가기로 한다. 나머지 한 장은 이틀 후에 또 한 번 보면 된다.

오늘은 엄마의 전화벨 소리에 이부자리를 털털 털

며 힘겹게 자리에서 일어난다. 왼쪽 화이트 벽지 위에 각진 모양으로 A4 크기의 거울에 얼굴을 비쳐 본다. 머리에는 옹달새집, 종달새집 두 채가 꼭대기와 옆에 자리 잡았고, 눈은 게슴츠레하니 눈꼬리에는 살얼음 같은 눈곱이 흘렀다. 색이 다 죽은 선홍빛 입술은 푸석푸석하고, 낮짝은 놀고먹는데도 오망하니 볼우물이 살뜰히도 파여있었다.

샤워실에서 오래간만에 비누칠을 해본다. 엄마는 자기 방을 종종 열어보면서, 홀아비 냄새난다고 환기를 자주 할 것을 부탁한다. 거기에 덤으로, 제발 샤워 좀 하라고까지. 평상시에는 그렇게 귀찮을 수 없다. 안 씻는다고 몸에 큰 이상도 없으려니와 생활하는 데 어려움이 없는 상황에서 굳이 매일 아침저녁으로 닦는 것은 어쩌면 수질 오염을 일으킬 뿐이지 미래의 환경을 생각해도 좋은 생활 습관은 아니라 터득했다. 정부에서도 〈2050 탄소중립정책〉을 대대적으로 펼치지 않

는가. 그래도 오늘처럼 외출할 때는 타인에 대한 배려
차원에서 단장하는 것이다. 그리고 보니 자기는 참 예
의 바른 사람이라고 자찬을 해보며 빙그레 웃는다.

샤워를 마치고 본 거울 속 자신의 몸은 1년 사이
살이 피둥피둥 쪘지만, 아직 팔과 다리에 근육이 남
아 있다. 질끈 힘을 준다. 어깨 밑의 팔 근육이 빳빳
하게 줄을 선다. 종아리에도 뒤태를 비추어 힘을 줘
본다. 잘 익어 고랑 진 고구마가 불뚝 솟는다. 그러나
탄력이 없음을 자인하고, 운동 좀 해야겠다고 마음먹
는다. 엄마가 준비해준 아침 겸 점심 식사를 마치고
빈 그릇은 설거지통에 휙 던져 놓는다. 반찬들은 대
충 모아서 냉장고에 넣는다. 곧이어 옷장에서 외출용
트레이닝복 세트를 꺼내 입고 옷 전체의 오염 여부를
죽 둘러본다. 괜찮다. '그래, 이렇게 입고 나가지 뭐.
누가 본다고.'라는 생각을 한다.

시내버스 정류장을 향한다. 도착 예정 시간을 알리는 전광판은 빨간 숫자로 극장행 버스가 6분 후에 도착할 예정이란다. 불만은 지갑의 버스 카드를 다시 확인해본다. 듬직하니 잘 넣어있다. 도착 예정 시간 전광판을 보며 속생각에 잠긴다.

'이놈의 정부는 돈도 많다. 그런 돈 있으면 나 같은 청년 실업자나 구제하지, 쓸데없이 이런 걸 왜 설치해서 돈 낭비하는지.'

국민의 혈세를 흥청망청 쓴다고 여기는 가운데 다른 한 사람이 다가온다. 전체 모습을 빨리 훑어본다. '이 시간에 여기서 버스 타는 니 꼴 보니, 나랑 같은 업자구면.' 한다. 그 행색이 잘 차려입고 반짝이는 구두에 손가방까지 챙겼다. '꼴에 생색은 무지하게 냈네.' 한다.

예정 시각보다 1분이나 늦게 버스가 도착했다. '이렇게 늦을 바에야 뭣 하러 예정 시간을 알려주었나?'

모든 게 못마땅하다. 불만은 버스 앞문을 통해 카드를 대고 '띡' 하는 소리와 함께 안쪽으로 들어간다. 한두 자리를 빼고 자리가 찼다. 특히 남자보다는 여자의 숫자가 더 우세하다. '평일 대낮부터 이 여자들 어디를 쏘다니느라 이렇게 시내로 기어 나오나?' 하는 의아심이 든다. 운전석 쪽 뒷바퀴 위에 앉아 있는 중년의 여성은 시장바구니에 이것저것 치장하고, 화장 또한 짙다. '저 여자는 남편은 뼈 빠지게 돈 벌며 고생할 텐데, 자신은 놀러 다니느라 아주 신이 났네. 집안 꼬락서니 자~알 돌아간다.' 한다. 그러거나 저러거나 자신은 상관없지만, 남들 걱정까지 해주는 아량까지 겸비한 자신이 자랑스럽다.

여섯 정거장을 거쳐 ○○영화관 앞에 도착했다. 영화관에 들어가 발권대에서 아버지한테 받은 영화표를 보여주고 영화 제목을 정해 재발급받는다. 상영 시간이 30분이나 남았다. 대기실의 의자는 벌써 꽉

찼다. 발권받은 영화가 상영할 예정일 5호관으로 간다. 1시간 전에 앞 영화가 끝나고 정리정돈 중이다. 서서 기다리기가 지루해 10분 전 입장을 알지만, 과감히 입장을 감행한다. 매표원의 제지를 당한다. 상영 10분 전부터 입장이 가능하다는 안내를 받지만, 갑자기 울컥 짜증이 일어난다.

"아니, 지금 영화를 상영하는 것도 아니고, 청소는 다 끝났을 텐데, 굳이 10분을 고집하는 이유는 뭡니까? 손님은 왕이지 않습니까? 기다리면서 앉을 자리도 없고, 서 있기 힘들어서 좀 일찍 입장하려는데, 왜 막는 거죠? 내가 내 돈 내고 먼저 들어간다는데, 당신은 무슨 권한으로 이를 막나요? 도대체 여긴 서비스 정신 상실업체야."

높아진 언성으로 주위에 사람들이 모이고 수군거린다. 불만은 이에 힘입어 더 당당하게 그 사람들을 향해, 한 마디 더 내뱉는다.

"우리가 우리 돈으로 표 사서 좀 편하게 일찍 들어

간다는데, 극장 측 사람들은 자기들 편의 위주로 막
는 게 정당한가요?”

　아무도 불만의 물음에 대꾸하지 않지만, 웅성웅성하
며 분위기가 어수선하다. 전불만은 마치 프랑스대혁명
때 선두로 시농성(Chateau de Chinon) 앞에서 황태자를
보호하는 호위병 앞에 두고 당당하게 호령하던 잔 다
르크처럼 위세가 어연번듯하다. 그러면서 불만은 힘으
로 밀고 들어가려 했으나 매표원의 완력도 대단하다.
덩치로 보면 오히려 매표원의 덩치가 좀 더 크다. 이에
밀리자 주위의 지원군을 기대하지만, 방관자들은 아무
도 그 옆에 다가서지 않는다. 불만은 ‘역시 대중은 무
지하고 비겁하고 눈치만 보지. 그러니까 우리나라의 민
주주의가 이 모양 이 꼴이지.’라고 생각한다.

　결국, 지원군을 얻지 못한 불만은 상영 10분 전에
들어갈 수밖에 없었다. 얼굴빛은 북받치는 역정으로
붉으락푸르락하다. G열 17번 자리를 찾아 자리를 잡

는다. 이내 사람들이 하나둘 들어온다. 남녀 청춘 한 쌍이 꼭 붙어서 들어온다. 남자의 한 손에는 두레박만 한 크기에 팝콘을 담고, 다른 한 손에는 빨대 두 개를 꽂은 콜라가 들려있다. '젊은것들이 돈도 못 벌면서 저런 군것질이나 하는 짓거리라니….' 그런데 그 못마땅한 한 쌍이 두리번거리며 G열로 올라오더니, 불만의 자리와 한 칸 떼어서 남자가 앉고 그 옆에 여자친구가 찰싹 붙어 앉았다. 순간, "에잇." 하며 작게 소리를 낸다. 하고 많은 자리에서 왜 하필이면 내 자리 옆인가? 불만은 불만스러운 표정을 조심스레 짓는다.

영화는 10분이 지나고, 광고를 한 10분 더하더니 시작했다. 영화사의 광고 잇속에 밝은 면을 다시 한 번 물씬 느낀다. 영화가 시작되고 한 이십여 분 지났을까? 개인이 사 오는 음식물은 금지라면서 유독 영화관 안에서 섭취가 가능한 것이 팝콘과 콜라이다. 늘 그 장삿속이 싫어 단 한 번도 사 먹지 않았고(사실

돈도 없을뿐더러 돈이 아까웠다. 삼시 세끼 밥만 먹으면 되지, 굳이 군것질까지), 그걸 사서 조용한 분위기에 어기적어기적 먹어 치우는 작태가 꼴사나웠다. 지금 자기 옆에서 한 쌍의 바퀴벌레는 팝콘을 입에 한두 알씩 쑤셔 넣고 '쩝쩝' 소리까지 내며 불만의 영화 집중에 훼방을 놓는다. 게다가 콜라까지 먹으면서 플라스틱으로 된 긴 빨대를 통해 공기가 올라가며 내는 '주르륵' 소리가 영 거슬리는 것이 아니다.

남들은 이러한 자기에게 오는 불편함과 부당함에 가장 민감하게 반응하며, 매사 예민하고 별것도 아닌 일에 콩이니 팥이니 하며 부정적 여론만 일삼고 부추기는 '프로 불편러'라 하지만, 불만 자신은 절대로 그리 생각하지 않는다. 자기처럼 사회의 부조리에 대해 적극적으로 올바른 소리를 하는 사람은 많지 않으며, 자칭 불의와 정의의 사도로서 '화이트 불편러'라 자평하고 있다. 때론 자신의 불만과 불편이 확대되거나 불리해지는 일도 있으나 그때는 단호히 "아니면 됐고, 어찌 되었거나 나는 싫다."라고 표현할 뿐이다.

즐거운 마음에서 들어온 영화관이 옆 사람의 간지러운 애정 행각과 비신사적인 '쩝쩝' 소리로 불쾌하게 나온 불만은 십 리 정도 떨어진 집을 향해 도보로 가기로 하고 발길을 돌렸다. 도시의 빛깔은 회색이 대부분을 차지하고 거리는 오가는 사람, 차들로 분주하기 짝이 없다. 유심히 지나가는 사람들을 살펴본다. 몇몇 사람은 여유롭고 한가하게 완보를 구사하며 걸어가지만, 대부분은 무엇이 그리 급한지 종종걸음의 속보이다. 물론 자동차들도 뛰뛰빵빵 경적을 울리며 정신없이 내달리고 있다. 저들은 과연 왜 바쁠까?

세상일이란 속도가 아니라 방향이다. 바쁘게 산다고 일이 잘 해결되는 것도 아닐 뿐만 아니라 급하게 먹는 밥이 체하기에 십상이다. 그래서 자기는 취직도 서둘러 하지 않고 있다. 육 개월 전만 해도 한 달에 두세 개의 이력서와 지원서를 제출하며 취직에 온

힘을 기울였지만, 애초부터 취직은 정해진 게임 속에 미래가 약속된 자들만이 선택되었다. 아무리 발버둥 쳐보아도 달라지는 건 없었다. 개천에서 용이 안 나온 지는 오래되었다. 콩 심은 데에서는 콩만 나오고 개똥밭에서 인물이 나오지 않으며 평지에 산이 절대 우뚝 솟을 수 없는 세상이다. 꿈을 가진 자에게 미래가 펼쳐진다고 학창 시절부터 숱하게 들었건만 세상은 결코 꿈을 가지고 도전하는 자에게 기회가 쉽게 주어지지 않았다. 그래서 불만은 한 달 전부터 회사 지원서 제출을 아예 포기했다. 그동안 내본 지원서는 200장은 족히 넘으리라. 만약 도로에 한 줄로 깔면 A4 크기의 세로 길이가 29.7센티미터이니, 여기에 이백을 곱하면 5,940센티미터, 59미터가 된다는 말이다. 자신의 족적이 이 정도이고, 모두 실패했으니 한심하면서 처량하다. 한숨이 가슴 언저리부터 북받친다. 꿈을 지닌 풍선은 하늘로 채 향하지 못하고 힘없는 수포처럼 톡 하니 터져 버렸다.

하늘을 쳐다본다. 창공은 미세먼지 탓인지 뿌옇기만 하다. 재수 없게도 도회지 상가 위를 활공하던 비둘기가 날아가며 똥 싼 것이 불만의 이마에 찰싹 붙었다. 비둘기가 평화의 상징이라고? 도시의 비둘기는 공원에서 무지막지하게 주는 시민들의 과자 세례와 상가, 아파트 베란다에 둥지를 틀고 도시의 맛난 음식물 쓰레기를 주워 먹은 탓으로, 이미 비둘기가 아니라 닭둘기가 되었다. 비둘기가 자주 찾아드는 곳에서는 구린내가 역겹고, 코나 입으로까지 들어가면서 기침까지 유발한다니, 개뿔이 무슨 평화의 상징인가? 오히려 제거의 상징이 아닌가? 하늘도 무심하고 비둘기도 똥 싸주는 자신이 왜소하고 초라하다. 대학 시절 대기업 회사원으로 승승장구하며 여우 같은 마누라와 토끼 같은 자식을 꿈꾸던 그 미래는 공상이며 허상일 뿐이었다.

무심한 하늘을 뒤로하고 신발 코앞의 땅을 내려본다. 그런데 이게 웬일인가? 배춧잎 세종대왕이 환하게 가로수 밑에서 웃고 계신 것이 아닌가? 주위를 둘러본다. 신경 쓰는 사람은 없다. 냉큼 걸어가 재빨리 오른손으로 환한 세종대왕을 영접했다. 그런데 아뿔싸! 아이들이 은행 놀이할 때 쓰던 위조지폐 만 원권이다. '허허'. 눈깔도 이젠 뒤집히고 머리도 굳어지고 하늘에선 똥을 내려주시는 세상.

세상은 어떤 것에도 간섭과 지배를 받지 않고 그냥 자유롭게 자발적으로 살다 보면 좋아지리라. 중국의 노자(老子)도 그래서 이렇게 사는 세상을 무위(無爲)로 살라 하지 않던가? 그와 사상의 궤를 같이했던 장자(莊子)도 모든 생명체는 외형적인 모습만 서로 다를 뿐이지 그 가치가 동등하다고 했다. 까마귀의 다리가 짧고, 학의 다리가 길지만 서로 장단점이 다를 뿐 존재 가치는 똑같다는 말이다. 자신도 비록 청년 실업자이지만, 바쁜 20대 행인들과 가치 면에서는 똑같다고 생각했다. 유명한 성현들이 그렇게 이야기하지 않는가? 불만은 자신이 소중하고, 실컷 즐기며 살 뿐만 아니라 맘껏 놀면서 살아가리라 다짐한다. 그리고 스스로 위안하며 걷고 또 걸었다.

집으로 가는 한 마장 거리를 허탈하지만 큰 소리로 너털웃음을 지으며 걸었다. 행인들은 마치 정신병자가 지나간 듯한 인상을 지으며 혀를 찼다. 남이야 그러거나 말거나 불만은 더 크게 박장대소를 터트리며 갈 뿐이었다. 「노랫가락 차차차」의 노랫말이 생각난다. 지난번 우연히 늦은 밤 KBS TV의 〈가요무대〉를 시청하다가 들은 노래였는데, 옛 노래이지만 노랫말이 재미있고 가락이 흥이 나 머릿속에 각인되었다.

노세, 노세 젊어서 놀아 늙어지면은 못 노나니
화무는 십일홍이요, 달도 차면은 기우나니라.
얼씨구 절씨구 차차차 지화자 좋구나. 차차차
화란춘성 만화방창 아니 노지는 못하리라.

가세, 가세 산천경개로 늙기나 전에 구경 가세.

인생은 일장의 춘몽 둥글둥글 살아나가자.

얼씨구 절씨구 차차차 지화자 좋구나. 차차차

춘풍화류 호시절에 아니 노지는 못하리라.

그동안 모든 게 싫고 불만과 불평뿐이었는데 이렇게 생각을 정리하니, 불만은 지금 자신의 모습이 한없이 행복했다. 마음이 환해지며 편해졌다. 걸음도 빨라졌다. 발걸음이 사뿐사뿐 걸어지고, 뭉게구름 위를 걷는 듯 둥둥 떠올랐다. 마치 트램펄린 위를 마구 구르는 동심의 모양새이다. 이제 집도 오 분 정도만 걸으면 도착할 것이다. 집에 가자마자 엄마가 간식으로 해놓은 감자 부침과 신선한 우유 한잔을 곁들여 먹어야겠다. 불만은 뛸 듯이 걸었다. 옆을 지나는 차들도 불만처럼 신이 나서 줄달음을 치고 있다. 교차로를 만나 오른쪽으로 끼고 돌면서 첫 번째 골목으로 접어들면 집이 눈앞에 보인다. 길가의 차들이 이곳에서는 경적을 자주 낸다. 사고 다발 구역이라는 교통표지판도 교차로 핸드폰 가게 앞에 우두커니 위용 있게 서 있다. 골목으로 접어들면서 십 미터의 횡단보도를 건너면 집이 코앞이다.

가벼운 발걸음으로 신나게 횡단보도를 접어들었다. 순간 '빵빵'하는 경적이 울려 퍼진다. 경적이 너무 커서 늘 짜증이 났다. 그렇지 않아도 시간이 나면 자동차 회사와 자동차 관리공단에 차들의 경적을 줄일 수 있도록 확성기의 날개를 줄여달라는 민원을 낼 예정이었다. 세상이 차로 중심이 되는 세상이 싫었다. 경적에 사람들은 깜짝 놀라기 일쑤이고, 임산부는 애 떨어질 지경이다. 그러한 생각이 머무는 찰나, 딱딱한 철근 덩어리가 왼쪽 허벅다리 바깥쪽으로 쑥 들어온다. '이게 뭔가? 뭐지?' 하는 순간 그 쇳덩이는 허벅다리를 넘어 배꼽 쪽까지 밀고 들어온다. '아! 자동차 범퍼이구나. 교통사고가 났다.'라는 생각이 퍼뜩

든다. 그리고 몸은 허공으로 붕 뜬다. 사뿐히 걷던 걸음에 추진력을 받아 하늘로 솟구치는 느낌이다. 날개가 겨드랑이에서 나오며 창공을 가른다. 그리고 잠시 후 조용히 침잠한다. 오른쪽 허벅지가 지면에 닿은 느낌이 들고 이내 머리가 아스팔트 위를 부딪치는 충격과 '쿵' 하는 소리가 동행한다. 그리고 조용히 눈이 감긴다. 졸린다. 아무 생각이 없다.

주링허우
청년의 하루

※

　　진창바이(金長白). 나이 25세, 한반도의
평안도 신의주가 원적지인 조선족이다. 현재 중국 연
변 조선족 자치주 화룽(和竜)지구에 살며, 상하이의 복
단대학교(复旦大学校) 국제정치학과를 졸업하고 창업
준비 중이다. QS월드 순위에서 세계대학 순위 50위
권 안의 대학이라고 하지만, 창바이가 원하는 직업은
전공과 무관한 벤처기업 운영이라 이를 준비하고 있
다. 중국 정부에서는 1990년대 출생한 세대를 일컬어
'주링허우(九零后)'라 하여, 미래를 이끌 젊은이들에게
벤처기업에 대해 창립 지원, 기술 협력, 교육 및 홍보,
인프라 구축에 최선을 다해 돕고 있다. 중국 전자제
품 샤오미의 창립자는 이들이 "자아의식과 개성을 분
출하고자 하는 욕구가 강하고 자신감이 대체로 충만
해 있으며, 자아에 관한 관심이 다른 세대와 달리 창

의와 혁신으로 넘치는 세대라고 평가하고 아울러 그들은 외부의 힘이 구속할 수 없는 상상력까지 갖추었다.”라고 하였다.

창바이도 자신이 주링허우인 것을 인정한다. 그는 복잡한 게 질색이고 단순하고 간단한 것만 추구한다. 아울러 재미는 반드시 동반되어야 하며, 모든 행위에는 신뢰가 밑바탕이 되어야 한다.

그는 오늘도 뜻맞는 친구 몇을 만나 앞으로의 계획을 짜기 위해, 버스를 타고 시내로 나간다. 시멘트로 포장된 신작로에 회색 먼지를 뽀얗게 일으키며 버스는 달리고 있다. 버스는 인민 거리 우전국 사거리에서 신호를 받아 우회전하며 해란로에 접어든다. 급하게 운전기사가 핸들을 조정해서인지 승객들이 한쪽으로 훅 쏠린다. 승객들은 “우우.” 하는 작은 탄성을 지르며 기우뚱했다가 곧바로 자세를 바로잡는다. 버스는 이에 아랑곳하지 않고 다음 정거장에 들어서며

급하게 브레이크를 잡는다. 또 승객들은 "우우." 한다. 곧이어 기차역 광장이 다가오면서 광장 앞에 우뚝 솟은 화룡탑의 금빛 첨탑 부위가 반짝이며 칭바이의 눈을 찡그리게 한다. 역전 정원에는 가지런히 정돈된 향나무와 국화 꽃송이들이 깊어가는 가을을 내뿜고 있다. 거리에는 삼발이 트럭과 택시가 손님을 기다리며 주차되어 있고, 외곽에서 짐을 싣고 나온 경운기와 오토바이들도 삐뚤빼뚤 즐비하게 늘어섰다.

칭바이는 버스가 정차하자 약속 장소인 화룡시장 상가 3층 커피숍을 향해 잰걸음으로 내린다. 승강기를 기다렸다 탈까 하다가 시계를 보니, 시간보다 10분이 늦어 그냥 계단으로 급히 오른다. 벌써 친구 둘은 안쪽 창가에 진득하게 자리 잡았다. 오늘 그들은 지난번에 이어 '해란강 맑은 물' 사업에 관한 회의를 한다. 화룡지구는 장백산 기슭 서쪽의 증봉산(甑峯山)이 자치구 지역 내에서 최고봉을 이루며 거기서 흘러

나온 물들이 모여 해란강을 만들고 용정 분지를 알뜰히도 만들어냈다. 이 물은 서북부의 고동하(古洞河)와 남쪽의 안도현(安図県)으로 흘러가고, 남부의 홍기하(紅旗河)와 두만강에 유입되는 샛강들이 어우러져 항상 물이 사방으로 풍부한 곳이다. 이러한 지리적 이점을 이용해 칭바이는 친구들과 사업을 구상하고 있다. 그 사업은 최근 고향을 그리는 실향민과 조국 통일에 신음하는 남조선의 사람들을 대상으로 해란강 맑은 물을 활용할 예정이다. 특히 해란강은 남조선 사람들에게 각별한 의미가 있다. 원래 남조선에 알려진 「선구자」라는 가곡명은 「용정의 노래」가 원제목이었다. 화룡 지구의 용정을 배경으로 지어진 가사인데, 작곡가 조두남 씨가 1933년 북간도 용정의 여관에 머물 때, 독립운동을 하는 어떤 청년이 은밀하게 찾아와 이 가사를 주어 곡을 붙인 사연이 있다. 남조선에서는 1970년대와 1980년대 학생운동과 민주화 운동 때 즐겨 애용하면서 널리 퍼진 노래이다.

현재 칭바이는 친구들과 용정시 공안을 통해 맑은 물 사업에 대한 브리핑을 준비하고 있으며, 최대한 중국에서 먹히는 인적 관계를 총동원해 허가를 받을 예정이다. 중국 내에서 사업할 때 인맥, 즉 '관시(关係, Guan xi)'가 없이 허가받기란 하늘의 별 따기다. 자치구 내에서도 공안으로 출세해서 고위직에 있는 사람을 통해야만 순조롭게 일이 진행되기 때문이다. 관시는 그러니까 중국인의 가치관과 사고, 행동의 준칙이며 행위의 분석과 이해를 위한 처세의 핵심이다. 그나마 다행인 것은 칭바이가 명문대 국제정치학과를 나와, 건너 건너 알아보면 기라성 같은 선배들에게 선이 닿아 관시 형성이 된다는 것이다.

　　칭바이는 해란강 맑은 물로 남조선의 통일 관련 사업체에 얼음이나 냉각수로 공급함으로써 실향민의 한을 위로하고 의미 있는 통일의 길을 인식시키고자 하는 것이 사업의 주된 내용이다. 커피 석 잔을 시켜

놓고 어제에 이어, 주정부 통상무역부장과의 만남 일정을 조율하는 일과 사업 브리핑 작업의 마무리에 대해 머리를 굴렸다. 커피숍에는 남조선 아이돌 가수 BTS(방탄소년단)의 「봄날」이 울려 퍼졌다. 노랫말 중 "마음은 시간을 달려가네. 홀로 남은 설국열차. 네 손 잡고 지구 반대편까지 가, 이 겨울을 끝내고파."가 들린다. 그 가사가 오늘은 유독 칭바이의 뇌리를 스친다. 칭바이는 BTS의 활약상을 보면서 자신들의 롤모델로 삼았다. 저들처럼 고정관념을 바꾸고 최선을 다해 성실하고 겸손을 갖춰 일한다면 어느 순간 서서히 그들의 흉내라도 낼 수 있으리라 생각하며, 다시 한번 조용히 눈을 감고 그들의 노래를 경청했다.

커피숍을 나온 칭바이와 그의 동업자 둘은 연길백화점 1층 왼쪽 끝에 있는 '미국(美國) 가주(加州) 우육면 집'으로 점심을 먹으러 간다. 참 재미있는 나라가 중국이다. 그렇게 미국과의 힘겨루기로 이렇다 저렇다 갈등의 골이 깊지만, 음식 문화만은 어느덧 들어와 버젓이 연길 한복판 백화점에 떡하니 자리를 잡고 있다. 주링허우들은 그런 국가 간 갈등은 별로 신경 쓰지 않는다. 그냥 마음 내키는 대로 행동한다. 맛있는 음식이면 내 돈 내고 내가 먹는데, 어느 곳이든지 찾아가서 먹는다. 우육면 집도 마찬가지이다. 한 때 베트남식 쌀국수가 유행하더니, 이제는 뒷방으로 소리 없이 물러났고, 미국식 우육면이 판치는 세상이다. 육수는 젖소 사골로 끓였지만, 오랫동안 푹 끓이지 않아 베트남이나 조선족 방식보다는 맛이 깊지 않다. 그러나 두툼한 고기와 그 양이 비할 바가 아니었다. 게다가 마라탕으로 즐기는 그 맛은 가히 일품이다. 우육면이지만 면보다는 고기가 더 많다고 할까? 가격이 좀 비싼 것이 흠이지만, 주링허우들은 그딴 것에는 크게 관심 두지 않는다. 맛있으면 다인 것이다. 이제 중국도 롯데리아를 비롯해 햄버거와 콜라가 판을 치는 세상이다. 그래도 화룡시는 시 당국에서 지방 민족 문화자원을 통해 격조 높은 문화와 영향력을 확장한다는 전략으로 '조선족 음식 문화절'까지 제정하여 음식 문화를 알리는 데 최선을 다하고 있다. 그러나 칭바이를 비롯한 젊은이들은 과거에 머무는 것이 탐탁지 않다. 이제 화룡을 벗어나 중국을 뛰어넘는 아이디어와 혁신이 앞으로의 선도적 미래인이 살아갈 유일한 길로 생각하기 때문이다.

점심을 먹고, 이쑤시개로 이 사이를 위아래로 쑤시며 거리로 나섰다. 칭바이는 용정시 공안과의 약속을 잡기 위해 시청사로 가고, 나머지 두 친구는 변두리에 둔 임시 사무실에서 컴퓨터로 남은 브리핑 자료를 정리할 예정이다. 칭바이는 이따 보자는 말과 함께 이들과 헤어졌다. 오른편 역 광장 쪽에서 빨간색의 삼발 택시가 빈 차로 내려오고 있다. 네모난 박스에 앞부분만 개 주둥아리처럼 불룩 튀어나온 삼발 택시는 육 인승으로 마주 보게 되어 있다. 네발 택시보다 요금은 저렴하지만, 덜덜거리고 속도도 늦어 피치 못 할 상황이 아니면 잘 타지 않는다. 칭바이는 네 발의 일반택시를 기다렸다 타야겠다고 결심하고 빨간색 삼발 택시를 그냥 보낸다. 잠시 후 회색의 일반택시가 빈 차임을 알리는 꼭지등을 켜고 칭바이 앞으로 다가온다. 손을 들어 세운다. 아직 10월이지만, 날씨는 서늘하다. 게다가 오늘은 하늘이 먹구름 천지라 해는 없고 바람만 획획 분다. 택시를 기다리며 움츠렸던 몸으로 차에 오르자 몸을 자리에 널브러지게 던져 놓는다. 약하게 히터를 틀어놓았는지, 실내공기가 훈훈하니 딱 좋다. 역시 요금은 삼발 택시보다 두 배 더 비싸지만, 행복하고 편안함을 위해 이까짓 푼돈은 아끼지 않기를 잘했다고 생각한다.

택시는 용정 시청사를 향해 흔들림 없이 도로를 질주한다. 한 30분은 북쪽으로 가야 할 거리이다. 칭바이는 차창의 유리 밖을 유심히 쳐다보다 남문 광장 앞에 마련된 대형 노천 무대를 본다. 경극 공연이 한창이다. 무대 위에 악공들은 푸르스름한 낮빛으로 한기를 이겨내며 연주하고, 진한 화장을 한 배우들은 땀을 뻘뻘 흘리며 몸동작과 대사를 하고 있다. 화룡은 원래부터 「연변 인민 모주석을 열애하네」라는 노래까지 나온 지역이다. 발해 시대에는 화룡시의 북부지역에 발해의 5개 수도 중 하나인 '중경'이 있던 곳이라 천년고도라는 자부심이 대단하다. 화룡 시내의 여유로움과 한가함이 더할 나위 없이 좋다.

그러면서 조용히 눈을 감아 본다. 이어서 자신에게 묻는다. '너 칭바이는 어디까지 갈 거야? 힘들지 않아?' 그러나 바로 고개를 절레절레 흔든다. 대추 한 알이 가을까지 오면서 붉어질 때는 그 안에 태풍, 천둥, 벼락 몇 개씩 들어있고, 둥글어질 때까지 무서리, 땡볕, 초승달이 얼마간 들어있다고 했다. 땡감도 홍시가 될 때까지는 서리, 비바람, 햇빛 등을 모두 거치고 붉어지며 익어갈 것이다. 지금의 과정이야 한낱 통과의례일 뿐이다. 도전하고 실패가 연속되면서 미래의 약속은 더더욱 굳건해지리라. 칭바이는 다시 한번 손아귀에 힘을 꼭 쥔다. 그리고 새롭게 뜬 눈의 눈빛은 강렬하고 힘이 넘친다.

MZ세대 이자연의
서울살이

＊

　　　　서울 송파구 문정동에 사는 MZ세대 직장 여성 이자연(李自然). 나이 29세. 가구 디자이너이다. 3년 전 어렵게 취업 전선을 뚫고 상경해 1억이나 되는 어마어마한 은행 대출을 받아 겨우 원룸 9평짜리 전세를 구했고, 비록 1년 지난 중고지만 외제 차를 할부로 구입해 근근이 하루를 살아간다. 한 달 수입의 반은 은행 대출 원리금이고, 5년 기간의 자동차 할부금, 관리비와 각종 공과금으로 나머지의 4할이 나간다. 그렇게 제하고 남은 월급으로 먹고 쓴다.

　　그래도 자연은 크게 불편하지는 않다. 비록 전세이지만 내 집이 있고, 대출금 10년 상환에 넉넉하게 쓸 수는 없어도 대출금 상환이 곧 적금이라 생각하며, 쫀쫀하고 깐깐하게 지출하면 나름대로 문화생활도

영위할 만하다. 건강을 위해 휘트니스 클럽을 정기적으로 다니고, 열흘에 한 번 정도 피부숍과 네일아트숍도 다닌다. 게다가 간혹 회사 상여금이 지급되기라도 하면 뮤지컬 VIP석도 앉아 보고, 월 1회 대형 영화관에서 화두가 되는 영화도 본다. 단, 저축은 전혀못 넣는다. 그런데 그게 뭐 큰 대수인가? 매달 지출도 사실 들쭉날쭉하다. 어느 날은 땡전 한 푼가량 남을 때도 있지만, 대다수 마이너스가 많다. 따라서 매월 25일 월급이 입금되면 다음 달 초까지 잠깐 플러스 상태로 있다가 줄곧 마이너스 상태로 있을 때가많다.

그러나 그 액수가 몇십만 원 정도이기에 크게 괘념치 않는다. 내가 벌어서 내 맘대로 쓰는데 무슨 문제가 있겠는가? 이른바 자신은 예전부터 플렉스(Flex)를지키며 살아왔다. 몇백만 원 나가는 여성 필수명품인 루○○통과 구○ 가방도 하나씩 갖추었다. 또 비록 취업 전 부모님의 도움으로 사긴 했으나 스카프나 액세서리 그리고 선글라스도 명품 한두 개씩 가지고 있다. 자신의 단점이라면 가끔 계획 없이 충동구매를 해서 예측하지 못하는 소비를 한다는 점. 그렇다고 돈을 흥청망청 쓴다는 건 아니다. 관리비나 가스비가 턱없이 과하게 책정될 때는 집주인이나 관리사무소를 찾아 당당하게 자기주장을 내세우고, 식사도 가성비를 따져 값싸고 영양 많은 맛집을 발품을 팔아서 간다.

오늘도 그녀는 7시에 일어나 어제 먹다 남은 끼니엔 빵 한 조각과 플레인 요거트를 떠먹고 간단히 몸과 얼굴을 치장한 후 출근한다. 이렇게 먹어도 아랫배에 살은 왜 그렇게 찌는지 한번 쓱 내려본다. 그리고 오른손바닥으로 아랫배를 한 대 살짝 친다. 화장은 과하게 하지 않는다. 영업직처럼 대인 업무도 아니고 혼자 디자인과 싸우거나 팀원 간 협의가 있을 뿐이기에, 굳이 정성 들여 화장까지 할 필요는 없다. 옷도 일하기 편한 간편복으로 차려입는다. 출장이나 브리핑이 아니면 굳이 정장은 입지 않는다. 옷이나 화장은 유행에 민감해서 그때그때 따라가는 게 쉽지 않고, 큰 유행에만 뒤처지지만 않으면 된다고 본다. 유행의 대세는 따르긴 하되, 새로운 유행이 일어나면 또 그 유행을 바로 바꾼다. 그러기에 그녀는 값비싼 명품 옷보다는 저렴하고 유행에 맞춰 만들어진 중저가 옷을 주로 사 입으면서 유행의 흐름을 따른다.

지금 직장도 벌써 3년이나 되었다. MZ세대들의 1년 미만 이직률이 30%라는 통계로 미루어 자신은 장기 근무라 할 수 있다. 지금 월급만큼 일은 하지만, 부장급 이상의 상관들이 보이는 몸을 불사르고 애사심이 충만한 그런 상태는 아니다. 비슷한 자리에서 월급, 보너스, 휴가 등의 복지가 조금이라도 더 나은 회사가 나타난다면 경력사원으로 당장 옮길 예정이다. 그러니까 지금 이 직장은 경유지에 불과한 임시 직장이라는 마음이다. 그래서 회사 내에서도 그다지 친하게 지내며 인연을 쌓지는 않는다. 필요할 때 언제든지 뽑아 쓸 수 있는 티슈처럼 상황에 따라 만나고, 떼었다 붙였다 하는 스티커처럼 인연이란 고래 심줄처럼 질기거나 끈끈하지 않고 언제라도 바로 등 돌려도 서로 서운하지 않도록 얕은 정만 주고받는다. 아버지 세대의 학연, 지연, 혈연 등은 딱 질색이다. 특히 상사 중 어디 성씨이냐, 어디가 고향이고, 학교 어디를 나왔냐고 물으면 난감하다. 그때마다 임시변통해서 얼버무리고 말지만, 왜 아버지 세대는 고질적으로 어디 출신이나 핏줄 등에 집착하는지 모르겠다.

한편 자연은 현대를 사는 지금 세대들도 못마땅한 면이 있다. 윗세대들은 꿀 빨았고 자기 세대들은 개고생한다고 생각하는데, 사실 지금 이나마 살기 좋게 만든 윗세대들의 노고를 폄훼하는 처사이다. 게다가 자기들이 일하기 싫은 것을 핑계 삼아 욜로족이니, 워라밸이니 주장까지 하는 풍신이… 또 스스로 돈은 벌려고 노력하지 않는 일부 사람들이 부동산 소유가 아무 의미 없는 짓이라고 큰 소리로 떠든다. 그러면서도 일하지 않고 일확천금의 요행수를 꿈꾸며 코인, 주식, 도박 등에 빠져 한탕주의에 허덕인다. 그러면서 그런 사람끼리 모여 자신들의 이야기가 현실이고 진리인 양 착각하며 산다. 자연은 그런 시류에 빠져들지 않기 위해 항상 윗세대와 이야기하고 부모님과 많은 일을 상의한다. 역시 자신이 고민과 갈등에 빠질 때 그분들의 선행적 경험과 판단이 자신의 결정에 큰 도움이 되었다.

오늘은 퇴근 후에 장충동에 있는 국립극장을 찾을 예정이다. 그곳에서 맛집으로 유명한 족발집에서 족발 정식을 간단히 먹고 저녁 7시부터 있을 〈국악 아이돌 송○희의 토로트 열창〉을 보러 가기 위해서다.

세계의 음악 흐름을 좌우하는 한류의 대스타 BTS도 굉장히 좋아해서 팬클럽인 아미 멤버로 활동하고, 최근 롯데면세점에서 개최한 BTS 랜선 패밀리 콘서트를 다녀오기도 했다. 그곳에서 그녀는 최신 AR(증강현실)과 XR(가상융합기술)을 활용해서 메타버스 엔터테크를 적용한 가상 무대 공연을 비대면이지만 생동감 있게 즐겼다. 하지만 최근 트로트가 뜨면서 우리나라 음악의 유행에 국악인들이 가세했다. 그들이 내는 목소리는 트로트 가수의 목소리와는 또 다른 느낌이다. 퇴근할 때 차가 막히니, 지하철 3호선을 타고 동대입구역에서 내려 공연장까지 5분 정도 걸을 예정이다. 한 번 갈아타고 18번째 역에서 내리면 족히 45분쯤 걸릴 것이다. 차를 끌고 간다면 퇴근 시간에 겹쳐 1시간 20분 정도 걸리니, 자가용은 그냥 회사 주차장에 두고 공연을 본 뒤 지하철로 귀가할 것이다. 물론 내일은 지하철로 출근하면 된다.

오늘 하루도 자연은 포토샵과 일러스트레이터로 사진과 포스터를 꾸미고, 인디자인 프로그램을 통해 디자인북도 초안을 만들었다. 오후에는 현장에 나가 실측을 하고, 실측 도면을 바탕으로 스케치업을 했다. 아울러 클라이언트 상담도 받았다. 퇴근 무렵에는 캐드와 3D 맥스에 관한 공부도 병행했다. 정말 정신없이 지나간 하루였다. 이러한 자신에게 고생했다고 맘껏 투자하고 싶었다. 그래서 오늘 점심때 짬을 내서 국립극장의 공연을 예약했다. 마침 여석이 몇 개 있어 구석이지만 어렵지 않게 예매를 할 수 있었다.

자연은 어릴 적부터 비록 지방이었지만 공무원인 부모님 밑에서 부족함이 없이 자라왔다. 공무원 월급에 넉넉하지는 않았지만, 두 분이 버셨기에 형편이 어렵지 않았다. 부모님은 농군의 자식들로 흙바닥에서 성장해 공무원까지 되신 분들이다. 그분들은 어릴 적 어려웠던 환경을 되새기며 돈을 모으기만 하셨지, 쓸

줄을 몰랐다. 오로지 자식 뒷바라지는 남에게 뒤처지지 않게 성심성의를 다해 투자하며 키워주셨다. 그런 환경 아래에서 성장한 자연은 언니도 부모님의 길을 따라 공무원을 선택했지만, 자신은 그게 싫었다.

무조건 공무원만 아니면 뭐든지 하고 싶었다. 커오면서 공무원 특유의 원칙과 소심함 등이 너무 싫었다. 그래서 예술을 지향했고, 자기 안에 있는 잠재능력이 때마침 잘 발현되어 지금 이 자리까지 온 것이다. 부족하게 자라지 않았고, 그다지 고생도 없이 순항한 인생의 함선이었다. 그러나 막상 생활전선에 나와 보니, 물가는 장난이 아니고, 집값은 천정부지로 치솟았다. 최근의 집값이라면 한 푼도 안 쓰고 11.4년을 모아야 한단다. 그러니 집은 부모님의 도움이 있거나 은행 대출 없이 구입하기란 애초부터 불가능했다. 그래서 집은 없더라도 살아가는 지금, 이 순간만은 행복하게 사는 것이 목표이다. 주위 친구도 이 생각은 모두 일치한다.

그래서 서로 모이고 놀고먹고 쓰고 즐기는 것이다. 자연은 외친다.

"누려라! 이러한 세상을, 즐겨라! 현재의 인생을."

알파고 시대여!
어쩌란 말인가?

1) 이 글은 중앙대 석좌교수이신 김진형 님의 특강 내용(「미래 교육의 과제와 방향」)을 많이 참조하였다.

＊

앨런 튜링(Alan Turing)이 인류 문명에 컴퓨터를 처음 만들면서 1950년에 스스로 그러한 질문을 했단다. "기계가 생각할 수 있을까?"(『컴퓨터 기계와 지능』 중에서) 그런데 70여 년이 지난 지금도 그 질문에 대한 대답이 명쾌하게 나올 수 없게 되었다. '글쎄?'라는 것.

충남 천안에서 특성화고 컴퓨터제어학과를 다니는 여학생 전인지(全仁智). 고3인데 컴퓨터 관련 자격증으로 프로그래밍 분야 OCJP, OCJD와 데이터베이스 분야 OCA, OCP, OCM 등은 물론 네트워크 관리사, 리눅스 마스터, 정보보안기사까지 총 8개를 취득했다. 대학 수시모집에 지원하기 위해 갖출 최소한의 자격증을 훨씬 뛰어넘는 스펙이다. 그녀는 중학교 때

컴퓨터 부품 회사에 다니는 삼촌의 안내로 컴퓨터 알고리즘에 대해 알게 된 후 그 세계에 빠져들었다. 알고리즘이 단순히 업무 수행의 순서도쯤으로 알고 있다가 점점 깊이 있게 공부를 하게 되면서 그 이상의 세계를 터득하게 되었고, 그 수렁에 이제는 빠져나올 수 없을 정도로 빠진 것이다.

알고리즘 세계에서 이를 프로그램으로 구현하는 코딩의 세상을 접했고, 2016년 3월 9일 서울 포시즌스 호텔에서 벌어진 이세돌과 알파고의 바둑 대결은 인지에게 큰 충격으로 다가왔다. 바둑 세계의 최고 인간 실력자와 인공지능 프로그램의 대결은 보기 좋게 인간이 4:1로 대패하고 말았다. 이때의 알파고는 '알파고-제로' 형태로 당시까지는 인공지능이 사람의 지식을 사용한 것이 아니라, 바둑 프로그램 입력 후 나흘 동안의 훈련을 통한 결과일 뿐이었다. 인간보다 1,000배 빠르고, 초당 10만 개의 수를 연상할 수 있는 능력까지. 이젠 버전이 업그레이드되어 바둑을 벗어난 '알파제로', 이를 더 확장한 '뮤제로'까지 등장하였다.

인공지능은 무릇 게임 분야만 활약할 수 있는 게 아니었다. 인지는 인공지능 프로그램의 세계에 몰입하면서 의약 분야 같은 전문 분야에도 사용됨을 알았다. 주어진 아미노산에서 단백질의 삼차원 형상을 예측하는 문제는 생명의 특성을 이해할 때나 신약 제조에 중요한 사항이라는데, 이를 예측하는 CASP 경진 대회에서 알파고의 형제인 '알파폴드'가 두 차례나 압도적으로 우승하였다. 인지는 여기서 또 한 번 놀라게 된다. 이제 세상의 주도권이 서서히 변하는 중이었다.

알파고의 바둑 대승 이후 알파고는 거기서 진화를 멈추지 않고 있었다. 전에 한국 기원에서 구입한 16만 대국의 기보는 벌써 데이터로 가지고 있고, 전 세계 인터넷 클라우드로 연결된 구글의 컴퓨터를 이용해 주야로 같은 알파고끼리 바둑을 두며 기보를 형성하고 이를 계속 반복해 학습 중이다. 아마 다시 한번 이세돌과 붙는다면 1승도 내어주지 않을 것이다. 이제 알파고는 인간으로부터 지식을 배우는 것이 아니라, 컴퓨터(기계)끼리 경쟁하며 전광석화로 지식을 축적한다.

인지의 계획은 그렇다. 이렇게 단기간 무한대에 가까운 학습 능력을 활용해 동물 치료에 인공지능을 적용할 생각이다. 펫(Pet) 산업의 부흥으로 우리나라는 애완동물의 시대에 접어들었다. 최근 조사에 따르면 서울에서는 다섯 집 중 한 집이 애완동물을 키운다고 한다. 독신자가 기하급수적으로 늘고 외로운 인간은 의지하고 비빌 언덕을 찾았다. 그 대안이 바로 애완동물이다. 그녀는 수의사들의 데이터를 최대한 수집한 후 진단 AI를 통해 가정을 방문해 진단하고 수술이 필요한 큰 내·외상이 아니라면 바로 처방하고 치료할 수 있는 시스템을 만들고자 한다. 즉, 동물 의료 서비스를 배달하는 시스템이다. 마치 드라마에서 대기업 재벌 가정에 주치의가 직접 방문해 처리하고 서비스하듯, 애완동물에게도 같은 서비스를 제공할 생각이다. 이를 통해 움직이기 힘든 애완동물의 의료 접근성과 편의성을 동시에 잡겠다는 아이템이다.

그러면서 인지는 최근의 세계가 인류의 변곡점에 도달했다고 본다. 무엇을 선택하느냐에 따라 급상승세를 탈 수도 있고, 급하강의 내리막도 탈 수 있다. 그러나 미래는 상승의 가능성이 크다고 본다. 인간들은 그동안 혁신과 개발을 통해 일의 처리 속도를 굉장히 높였다. 인지가 조사한 바에 따르면 미국의 경우, 지난 100년 동안 8배나 잘살게 되었고, 그 중간에 몇 차례의 산업혁명을 거쳤지만, 우려와 달리 실업률은 7% 내외를 그대로 유지하고 있다. 미래학자들은 앞으로 주당 24시간의 근로시간이 얼마 남지 않았다고 한다. 일주일에 나흘만 여섯 시간씩 일할 날이 곧 도래한다는 말이다. 우리나라의 몇 유수 기업들도 주 4일을 근무하지만, 오히려 생산성이나 매출이 줄지 않고 올랐다. 인공지능의 시대가 급속도로 다가오면서 노동집약적이고 연산, 반복, 정보 처리, 자동화 등은 어느덧 기계에 넘기는 시대가 우리 곁에 바짝 다가왔다.

　인지는 아주 초보적인 수준이지만, 요즘 실습을 병행해 방과 후까지 학교에 남아 수의학 영상 데이터를 수집하여 입력 중이다. 물론 그 자료는 수의사로 있는 큰 언니의 도움을 받아 준비하고 있다. 큰 언니 예지(叡智)는 대학동물병원에서 영상의학과 수련 과정까지 마치고 현재 천안 ○○동물병원 영상의학과장으로 일하고 있다. 큰 언니는 흔하게 있는 가상의 데이터를 설정해 인지에게 주고, 인지는 그것을 데이터로 만들어 컴퓨터에 입력한다. 큰 언니는 가끔 인지에게 묻는다.

"야! 너 이거 잘되면 내 밥줄 끊어질 텐데, 가족끼리 안 도울 수도 없고. 쩝쩝."

그러면 인지는 귀엽고 앳된 표정을 지으며, "언니 또 왜 그래. 이게 다 우리 인류를 위한 사업이야. 내가 잘되면 우리 가족이 좋고, 가족이 좋으면 언니도 행복하잖아. 안 그래?" 하면서 한쪽 눈을 깜박인다. 예지는 그제야 놀림조로

"알았다. 알았어. 그 귀여운 표정 짓지 마. 역겹다. 역겨워. 우웩. 킥킥"

인지는 얼른 표정을 바꾸며 금방이라도 울 듯하다.

"언니, 자꾸 이렇게 놀리고, 비협조적이면 아빠 엄마한테 이를 거야."

예지는 말이 끝나기가 무섭게

"일러. 실컷 일러봐. 그러면 난 앞으로 손톱만 한 데이터도 안 줄 테니까."

인지는 얼른 꼬랑지를 내린다.

"알았어. 말이 그렇다는 이야기지. 대한민국 최고의

영상의학과 과장님께서 이 정도로 화를 내셔야!" 하면서 몸을 비틀고 애교를 떤다. 그러면서 두 자매는 그런 자신들의 모습이 재밌는지 '킥킥킥' 웃고 만다.

인지는 오늘도 데이터를 입력하다가 순간 그런 생각에 잠긴다.

'사람의 능력까지 갖춘 인공지능인 AGI(Artificial General Intelligence) 시대가 오긴 오는 걸까? 공상과학 소설이나 영화에서 심심치 않게 등장하는데, 거기에서처럼 기계가 사람의 손을 떠나 되려 인간을 지배하는 것이 가능할까?'

그러나 자신이 이제까지 알아낸 얕은 지식으로는 소설이나 영화 같은 기계의 인간 지배는 상상 속에서만 가능할 것으로 판단한다. 컴퓨터와 두뇌를 연결하는 기술인 BCI(Brain and Computer Interface)를 주장하는 미래학자 레이 커즈와일은 그의 책 『특이점이 온다』에서 2030년 이후엔 인간과 AI가 결합한 '하이브리드 두뇌'가 실현될 것으로 예측했으나, 아직 초보적인 연구 성과만 있을 뿐이지 완전한 실현은 장담할 정도가 아니다. 지금껏 일론 머스크가 설립한 뉴럴링크(Neuralink)사가 칩을 원숭이 두뇌에 이식해 게임을 하도록 시도한 정도가 있을 뿐이다. 그러면서도 인지는 예측대로 미래의 세상은 펼쳐질 것인가 의아심이 든다. 그동안 세상은 꿈꾸던 대로 이루어지지 않던가? 불과 이삼십 년 전만 해도 생각만 품었던 자율자동차가 시험 가동되는 것을 보면 인류가 꿈꾸는 것이 언젠가는 이루어졌다.

그러나 곰곰이 되새기면 인공지능 기술이 지닌 한계도 많다. 먼저 데이터 수집과 검증에 상당한 노력이 들고 그 부작용도 만만치 않다. 이야기를 할 수 있는 인공지능(GPT-3)을 훈련하는 데 120억 원이 들지만, 이를 위해서 자동차가 지구에서 달나라를 왕

복할 정도의 탄소를 배출한다. 이렇게 딥러닝을 하다 보면 나중에는 지구온난화로 멸망할 수도 있다. 아울러 인공지능은 아주 작은 변화에도 데이터 외의 것이라면 엉뚱하게 반응한다는 것이다. 최근 자율자동차 시험 중에 교통표지판의 오인식, 위급한 두 상황이 동시에 일어날 때의 판단 오류, 수많은 변수의 데이터를 미입력할 시 판단 오류 등으로 단순한 고철 덩어리가 되거나 오히려 사고를 더 크게 유발하는 경우가 나타났다. 역시 기계학습 시스템은 배운 것만 알 뿐, 일반화 능력이 부족해 확장적 사고나 상식적 사고를 전혀 해내지 못한다. 또한, 인공지능의 신경망은 'Why'라는 물음에 대답을 못 한다. 대답하려면 설명할 수 있는 다양한 지식이 전제되어야 하는데, 딥러닝은 단순한 연관 관계만 배우기 때문이다.

마지막으로 인공지능의 편견으로 불공정하거나 의도하지 못한 결과가 나타나고 안전성이나 투명성이 없으며 책임 소재에 대한 문제점이 나타날 수 있다. 한 예로 2021년 초 '이루다'라는 챗봇은 20대 여대생으로 인격화한 시스템인데, 이 이루다가 대화 도중 사회적 소수자에 대한 편견을 드러냈을 뿐만 아니라 성희롱의 대상이 되어 물의를 일으켰다고 한다. 또 다른 예로 폭스바겐의 디젤 배기가스 배출 조작이 있는데, 2015년 실내 시험장에서는 배출가스 배출을 억제하다가 검사 완료 후 실제 도로에서는 기준의 40배 이상 배기가스를 배출하도록 알고리즘을 사용하여 손가락질을 받기도 했다.

인지는 조용히 앞으로 미래를 그려본다. 인공지능이 발전할수록 인류의 부 축적은 증가할 테고, 부의 편중으로 인해 사회적 갈등이 심화될 듯도 하다. 무릇 이는 개인 간의 차이만 있는 것이 아니라 국가 간에도 분명한 차이가 날 것이다. 또 영화 속 이야기처럼 인간 사회의 중요한 의사 결정을 인공지능에 맡길

우려가 있다. 수많은 데이터로부터 추출된 결과를 인간은 옳다고 받아들일 수밖에 없다. 또한, 인류는 끊임없이 인공지능에 관해 공부해야 한다. 공부한 사람만이 인공지능시대에 적응하고 고소득이 보장될 뿐만 아니라 신분 상승도 꾀할 수 있기 때문이다. 아울러 인류는 안전하고 윤리적으로 책임질 수 있는 인공지능이 되도록, 만드는 기술자들의 기술적 능력이 탁월하고 윤리 의식이 철두철미해야 할 것이다. 윤리 의식의 부재로 지구의 대재앙을 일으킨 영화의 경우가 얼마나 많던가? 그 영화가 현실이 될 수 있다고 생각하니, 진저리가 쳐졌다.

인지는 앞으로 인공지능 개발에 어떠한 원칙이 있어야 한다고 본다. 사회적으로 유용한 것이어야 하며, 편견을 배제하고 공정해야 한다. 아울러 조금이라도 인류에게 피해를 주어서는 안 되며, 항상 인간의 통제권 안에 두어야 할 것이다. 그리고 마지막으로 인간의 판단을 대신한 인공지능의 결정이 설명할 수 있도록 투명성을 지녀야 한다. 아무리 편리하고 다양한 정보의 홍수 속에 산다 해도 사람들은 정신 똑바로 차리고 살아야 인간다울 것이라 인지는 생각한다. 서로 마음을 이해하고 감동하며 협력하는 메타인지의 기능은 제아무리 인공지능 할아버지라 해도 불가능하리라. 자신이 추구하는 인공지능 동물 의료 방문 서비스 프로젝트도 동물을 이해하고 감싸고 사랑하는 마음을 밑바탕에 두고, 이에 대한 정확하고 빠른 정보와 처방을 위해 도구로써 사용해야지 그이상의 욕심을 낸다면 재앙이 되리라 확신했다. 자신은 이번 수시모집에 지원할 때도 미래 학업계획서에이 점을 두드러지게 강조할 셈이다. 인간 없는 문명 진화는 아무 의미가 없음을 강조하고, 인간의 더 나은 행복 추구와 안락을 위한 도구로써 인공지능이 필요함을 기술할 것이다.

큰언니의 동물 영상 데이터가 인지의 공부와 연구에 큰 도움이 된다. 그것이 실용화되려면 수많은 시행착오와 검증이 반드시 있어야 할 것이다. 인공지능의 알파고는 인간이 두려워할 대상이라기보다 알아가고 고민하며 함께 가야 할 대상이다. 인지는 자신이 그 화두를 던져 놓는 선구자로서 인정만 받아도 행운이라 생각했다. 더 나은 미래와 기계, 동물, 인간이 조화로운 세상을 꿈꾸며 오늘도 밤늦게까지 켜진 학교 교실의 불을 뒤로하고 힘차게 발걸음을 집으로 옮긴다.

탄소중립
실패의 미래

＊

"미스터 톰슨! 얼른 일어나세요."

AI스피커 '에그맘'이 아침 알람 잔소리를 퍼붓는다. 그러면서 톰슨이 가장 좋아하는 XEX의 「턴온더빌리지」라는 음악이 강렬하게 울려 퍼진다. 강한 비트로 타악기와 전자기타만 갖고 연주한 음악이고, 가수 XEX도 허스키한 목소리에 가끔 돌고래 같은 가성이 울며 퍼지는 노래이다. XEX가 성대에 음성 가변 칩을 이식한 후 음성이 여러 가지로 변할 수 있는데, 그의 목소리 중 허스키와 가성 부문은 놀라울 정도로 음색이 뛰어나다. 전 세계 수십 만의 데이터로 완성된 목소리이니까 당연한 일이지만, 여하튼 톰슨은 귀가 호강한다. 이어서 AI스피커 에그맘은

"오늘은 2040년 5월 10일 목요일입니다. 현재 시각은 아침 8시 30분. 오늘 날씨는 매우 흐리고 여전히 미세먼지가 최악인 날입니다. 절대 외출을 삼가시고, 실내 공기정화도 2시간 간격으로 해주세요. 현재 기온은 어제보다 섭씨 2도 내려간 12도입니다."

오늘도 늘 그렇듯이 미세먼지로 뿌연 아침이다. "커튼 올려."라는 음성 명령에 AI 차양 시스템이 가동되며 천천히 커튼이 걷힌다. 하늘은 회색빛이고, 간혹 그 회색을 비집고 들어온 햇빛 몇 가닥이 실오라기처럼 지상에 내려온다. 마침 유리창 끝 동편에 놓인 공기정화기는 에그맘의 2시간 간격 공기정화 명령을 받아, 조용하게 윙 소리를 내며 작동을 시작한다.

톰슨은 침대를 박차고 일어난다. 어제 수요일 하루 쉬었는데, 왜 이렇게 일어나기 싫은지. 몸이 찌뿌둥하다. AI 마사지기 '헬시'를 부른다.

"헬시! 내 어깨 좀 주물러줘."

주방 끝자락에 가만히 서 있던 헬시는 "예스, 마스터." 하면서 둥근 바퀴를 굴리며 다가와, 톰슨의 등 뒤에 선다. 헬시는 오른쪽 어깨를 시작으로 마사지를 시작하며, "톰슨! 근육에 유산이 많이 축적되었네요. 이에 따라 혈액 순환도 나빠졌고요. 어깨를 풀어드릴 테니, 마사지 후에 목욕이나 족욕을 권장하며, 그것이 싫으시면 제가 라벤더 한 방울, 마조람 1방울, 로즈마리 한 방울을 혼합해 온습포를 붙여 드리겠습니다."라고 음성 메시지를 전한다. 톰슨은 목욕하자니, 귀찮은 마음에서

"그래. 온습포나 붙여줘."

헬시는 즉각 알겠다는 반응을 보이며 남아 있는 어깨 마사지에 최선을 다한다. 톰슨은 마사지를 받으며, 언제쯤이면 바깥세상을 나가볼까 생각한다. 그리고 부모님 세대가 미워진다. 자신들이 경제성장이라는 핑계로 탄소 배출을 억제하지 않고 대책 없이 살

아오더니 급기야 이삼 년 전부터 미세먼지로 온종일 뿌연 날이 1년 중 80%가 그렇고, 반짝이라도 하늘을 볼 수 있는 날은 전날 비나 눈이 엄청나게 오거나 태풍이 휘몰아치던 날 다음이었다.

아침 식사는 음식 주문 키오스크 앞에서 버튼으로 달걀 프라이와 구운 토스트 메뉴를 누른다. 바로 음식을 마련하는 기계 소리가 나더니, 5분 후 키오스크의 배출구에 음식이 접시에 잘 정돈되어 나온다. 토스트 위에는 눈으로 호강하라는 뜻인지, 노랗고 빨간 식용꽃 두 송이가 놓여 있다. 톰슨은 '식용꽃은 넣지 말라고 할걸.' 하는 후회를 한다. 그래도 보기 좋은 떡이 먹기도 좋다고, 눈으로 보기에는 식탐을 자극하는 장식이다. 그러면서 식용꽃을 키오스크 옆 휴지통에 휙 던져 넣는다. 예쁘긴 하지만 먹고 싶지는 않다. 톰슨은 갑자기 버리는 꽃 이름이 궁금해진다. 에그맘을 부른다.

"에그맘, 지금 버린 꽃 이름이 뭐야?"

에그맘은 조금 전에 휴지통에 넣었던 화면을 스스로 재생하여, 내장된 정보를 통해 탐색 과정을 거친다. 이 초쯤 지났을까?

"노란 꽃은 베고니아, 빨간 꽃은 팬지입니다. 베고니아는 감염을 일으키는 세균을 사멸시키는 기능이 있고, 염증…."

톰슨은 더 듣기 싫어,

"인제 그만, 됐어. 꽃 이름만 알면 돼."

사계절이 뚜렷한 온대지방 국가로 알려진 한반도도 어느새 겨울과 여름만 있는 두 계절의 온대 국가로 전락하였다. 두 계절만 있는데, 기후는 혹독하게 고르지 않았다. 먼 이웃인 이탈리아 끝자락 시칠리아 섬에서는 40도 이상을 열흘간 지속했고, 작년 여름에도 자기가 사는 이곳에 45도를 오르는 날이 나흘이나 있었다. 여름에 홍수는 20일이 기본이었다. 강

수량은 하루에 적게는 300mL에서 많게는 700mL까지 내렸다. 한 번 비가 오면 하늘이 뚫린 것처럼 마구 쏟아부었다. 툰드라 지역인 북극해 연안은 기록적인 기온 상승으로 평균 기온이 해마다 섭씨 0.5도씩 올라 20년 전보다 5도가 상승하였다. 북극해 주변은 기온 상승뿐만 아니라 메탄가스도 평소의 농도와 비교해 최근 400배가 높게 방출했다. 또한, 북극해 얼음들도 10년 전보다 35%나 녹아 없어졌다. 최근 5년 전부터 기후 위기의 심각성을 뒤늦게 깨달은 국가들은 부랴부랴 탄소중립 정책에 사활을 걸고 투자하기 시작했으나, 아직도 아프리카와 중앙아시아의 경제 빈국들은 이에 아랑곳하지 않고 예전처럼 화석연료를 사용하며 산다. 일부 섬나라는 해수면 상승으로 국토의 반 이상을 침수당한 곳도 있었다. 결국, 그 결과의 최고 피해자는 자기들이라는 것은 아는지 모르는지, 그들 국가는 민생고 우선 정책으로 환경 살리기는 강 건너 남 일처럼 방관하기만 했다.

톰슨은 오늘도 재택근무이다. 벌써 10년 전부터 직장 생활은 재택근무가 일상화되었다. 월, 화, 목, 금까지 주 4일만 근무하며 하루에 6시간, 총 24시간을 일주일간 일한다. 이중 금요일은 오전 시간에 회사 출근일이다. 그동안 재택근무하면서 느낀 업무 내용을 서로 얼굴을 보며 협의해 문제점을 해결하는 시간이다. 주 4일 근무도 이제는 주 3일 근무로 고치겠다고 내년 대통령 선거에 입후보할 한 사람은 주요 공약으로 제시했다. 주 3일 근무도 요원하지 않을 듯하다. 주 3일 근무 체계가 되면 월, 수, 금만 6시간 근무하고 화목은 쉬는 시스템이다. 하루속히 그런 날이 오기를 기대하며, 업무용 컴퓨터 앞에 자리를 잡는다. 재택근무를 하다 보니, 메시지가 하루에도 수십에서 수백 번까지 전달된다. 메일이나 SNS로 주고받고 소통한다. 그러다 보니 메일이 하루에도 수백 통씩 쌓인다. 정부에서는 메일을 수시로 지우는 것도 탄소중립정책의 일환이라 하여 수시로 비워두기를 권장한다. 지금은 권장 중이지만, 지난 3월 메시지 소거법이 국회를 통과하면서 1일 최대 20건 이상을 보유하면 벌금을 물린단다. 올 8월 말까지 계도 기간을 두고 9월부터는 법령의 효력이 발생할 예정이다.

왜 이 지경까지 왔는가? 갑자기 허탈하고 짜증이 난다. 20년 전부터도 우리나라 정부에서 탄소중립정책을 대대적으로 이슈화하여 홍보하고 정책 참여를 국민들에게 호소했다. 그러면서 무탄소정책으로 태양광과 풍력 에너지를 사용하도록 적극적으로 유도했고, 원래 2040년까지는 당시의 평균 기온보다 1.5도 이내로 억제하고자 했다.

2021년 제26차 유엔기후변화협약 당사국 총회(COP26)에서 2030년대까지 주요 선진국들이 석탄발전을 중단하고, 2040년대까지 모든 국가가 대체에너지를 신속히 도입하자는 결정을 했음에 불구하고, 결국 올해 기상청의 조사 결과 20년보다 무려 2.3도나 상승했으며 연 폭염 일수도 30일이나 되어 당시보다 네 배 이상 증가했다. 또한, 각 선진국에서 대체에너지로 공들였던 풍력발전도 기후 위기의 영향으로 해마다 3%씩 떨어져, 지금은 20년 전과 비교해 유럽의 경우는 50%까지 떨어졌다. 당시의 우려가 인제 와서 현실로 맞닥뜨려진 것이다.

게다가 음식 재료도 지금과 이십 년은 엄청난 변화가 있었다. 그전의 불고기, 사과, 초콜릿, 연어, 쌀 등이 자취를 감추고 열대 지방이 원산지인 구근식물과 나물들만이 겨우 남아 있었다. 지금 과거의 그 음식들을 먹으며 추억을 되새기려면 엄청난 액수의 금액을 치러야 조금 맛볼 수 있을 뿐이다.

얼마 전까지만 해도 지구의 땅과 바다에 무수히 흩어져 있던 플라스틱도 모두 재생용 종이와 채소 추출물로 모두 대체되었다. 불과 3년 전에 이루어진 것이다. 좀 더 서둘렀어야 했는데, 미적미적 눈치만 보다가 이 꼴이 되어 버렸다. 자식을 아끼는 마음이 세계 최고라고 했지만, 결국 부모들은 자식을 살기 힘든 땅덩어리에 내몰고 점점 사라져 갔다. 유엔 산하 기후변화에 관한 정부 간 협의체(IPCC)의 보고에 의하면 2040년 현재, 플라스틱 사용의 계속 내림세를 유지하는 신속함이 유일한 대책이라고 강조했다.

그나마 다행인 것은 2022년 미국 항공우주국(NASA)과 민간 기업 '인튜이티브머신'이 쏘아 올린 착륙선 로봇이 달의 남극 근처인 '섀클턴 충돌구'로 파견되어, 달 표면을 뚫고 물 존재 여부를 수색한 결과 다량의 물이 확인되었다. 이에 따라 2024년부터 서서히 인간의 달 이주 계획이 수립되고, 2028년부터 '아르테미스 계획'인 상주 기지가 완성되면서 그 이후 해마다 수천 명씩 달나라로 이주하고 있으나, 깊어가는 지구의 환경오염을 원래대로 되살리기란 거의 불가능했다.

톰슨은 생태 전환 교육센터 자료팀에서 일한다. 회

사의 신조가 '생태 문명으로의 전환'이다. 이 회사는 자연에서 벗어나면서 지속 가능한 인류의 삶은 없다고 생각하고, 현재의 생태 발자국 지수 2.9를 1.0으로 내리도록 노력하는 것이 최대의 목표이다. 지금은 심한 미세먼지로 재택근무가 많은 편이지만, 때에 따라서는 현장의 상황 파악과 실험을 위해 방독면을 쓰고 야외에 며칠 동안 나갈 때도 있다. 그럴 때마다 답답한 것은 둘째이고, '이 상태를 예전으로 돌리기가 과연 가능할까?' 하는 의구심만 든다.

자연은 그 자체로 내적 가치가 있고, 생태계를 구성하는 유기체는 상호 연관되어 있으며 생물이 다양하게 존재할 때 회복 탄력성이 높아 자연은 과거로 회귀할 수 있으리라 믿는다. 예전으로 환경을 되돌리기 위해서는 환경만 신경 쓸 것이 아니라, 인권, 빈곤, 민주, 다문화, 성, 평화 등까지 통합적으로 다루어야 함도 알리고 있다. 이는 사회적이고 시스템에 따른 실천이 담보되어야 하고, 그 시작은 작은 것부터 시작해 내 집, 내 동네, 내 마을, 내 나라 식으로 발전시켜야 할 것이다.

톰슨은 오늘도 센터 교육 일정을 잡기 위해 현재의 우리가 할 일을 제시하며 브리핑 자료를 정리하는 중이다. 머리를 싸매고 정리한 내용이다.

- 신재생 에너지를 극대화하고 모든 집 주변에 숲과 텃밭을 가꾸며 생물의 다양성을 확대하도록 노력한다.
- 생명 윤리의 관점에서 새집도 달아주고 겨울에 동물들 먹이도 나눠준다.
- 매년 3회 이상 나무 심기와 채식주의 생활을 권장한다.
- 생태순환 경제교육의 방책으로 재생품 돌려쓰기와 자원 재활용을 실천한다.
- 빗물 저수탱크 사용과 환경 체험 교실을 상시로 열어 교육한다.

이렇게 일단 머릿속에 잡히는 것만 나열해보고 이를 한 문장으로 호소력 있게 정리하고픈 마음에서 다음과 같은 문장으로 끝을 맺는다.

"덜 먹고 덜 싸고 덜 써라.
이것이 인류가 최후까지 살아나갈 마지막 방법이다."

하루살이의
인생들

✴

　　　　　일용노동자. 하루 단위로 계약하며 건설업, 운수업, 잡역, 농업, 어업, 서비스업 등에 고용되는 산업의 필수 노동 인력. 올해 나이 58세, 이름 이근력(李筋力). 그는 서울 영등포의 비정규직 노동자 쉼터 '꿀잠 자리'에서 지낸다. 이 쉼터는 고마운 시민 여러 명이 십시일반으로 돈을 모금해 신길동 재개발지구 안에 만들었다. 그런데 이곳도 그에게는 영원한 안식처가 되지는 못했다. 2022년이면 도시 재개발 사업으로 인해 헐리게 되어 쫓겨나게 될 판이다.

　안정되지 못한 안식처를 뒤로하고 그는 오늘도 새벽 5시 남구로역 앞 인력시장 앞으로 나선다. 12월의 날씨가 아침부터 칼날 바람이 세차고 두꺼운 외투를 예리하게 뚫고 들어온다. 점점 경기가 나아지고는 있지만, 예전에 비할 바가 아니다. 오늘도 인력시장에서 각 현장의 막노동판 반장들이나 부장들에게 선택받아야 밥벌이를 할 수 있기에, 인력시장 앞에서 춥지 않은 모양새를 갖추고 당당하게 서 있다.

드디어 간택의 시간이 왔다. 옛날 청량리 588의 쇼윈도에 배열한 집창촌 아가씨들처럼, 어느 사람이든 한 번 얼굴을 앞으로 비추려고 눈치싸움에 힘겨루기가 시작되었다. 그도 이삿짐센터에서 55세까지 잘 굴러먹었는데, 55세가 지나자 사장이 힘을 못 쓴다고 가차 없이 잘라버렸다. 나름 짐 드는 것이나 힘쓰는 것에는 이골이 나서 어깨가 넓적하고 팔도 어지간한 사람의 허벅지보다야 굵다. 그는 얼굴보다 입고 입던 외투를 벗어 팔뚝을 시원하게 내보인다. 막노동판 반장 중 전에 한번 인사를 트고 지냈던 김 반장이 "어이, 거기!" 하며 그를 향해 손가락질한다. 전에 써본 경험이 있어 그의 이력을 대충 훑어보고 봉고차에 타라고 손짓을 '까딱'한다. 인간이 인간을 부를 때, 손가락 하나 까딱이며 움직일 때마다 자존심이 상하긴 하다. 무슨 개도 아니고, 손가락으로 이래라저래라 하는 작태가 아니꼬울 뿐이다. 그러나 어찌하겠는가? 목마른 사람이 우물 파고, 갑갑한 놈이 송사한다고 했다. 기쁜 마음으로 회색 봉고차에 뛰어오른다.

봉고차 밖에서는 "저, 일 잘해요. 한 번 써봐요. 일 못 하면 돈 안 줘도 돼요." 등의 구호같이 쩌렁쩌렁한 소리가 울려 퍼진다. 모두 선택당하기 위해 안간힘을 쓰고 난리이다. 얼추 김 반장이 구하려는 5명을 다 구한다. 봉고차에서 서로 수인사를 잠깐 한다. 그중 한 사람은 지난번 K 건설 현장에서 보았던 김 씨도 있다. 건설 현장으로 떠나는 봉고차 안에서 몇 사람은 눈을 감고 자기도 하고, 어떤 사람은 무선 이어폰으로 음악을 듣고 있다. 그는 김 씨를 옆에 앉히고 그간의 안부를 서로 묻고 답한다. 김 씨도 예전에는 뼈

해장국을 장충동에 꽤 크게 했던 사람이란다. 2020년 초부터 불어오기 시작한 코로나 19의 태풍을 김씨도 맞설 수 없어 망하고 겨우 집기값만 조금 건져 나왔다. 그래도 자기는 다행이라 했다. 다른 사람들은 코로나로 인해 쏟아져 나온 식당 집기들이 너무 많아 거의 고철 수준에 울며 겨자 먹기로 처분할 수밖에 없었다 한다. 그런 마음을 충분히 이해한다. 요즘 이 년간은 태풍에 힘없는 고목이 쓰러지듯 여기저기 안 쓰러진 식당이 없었다. 세를 빌리지 않고 자기 집인 경우에만 겨우 전기료를 내면서 버티었으니까.

인력시장도 중국 사람들이 10년 전부터 한둘 들어오더니, 구로구와 신도림역을 중심으로 중국인의 세력이 하루가 다르게 확장했다. 지금은 도림동 주민센터의 재래시장은 한국 물품보다 중국 물품이 태반이라 오히려 '차이나 거리'로 특화되었고, 내국인보다는 중국인과 조선족 천지였다. 구로역 주위도 신도림역

근처보다는 덜 하지만 그에 못지않았다. 밤늦게 이곳 거리를 활보하다 보면 내국인보다 중국인이 훨씬 많았고, 거리에는 온통 중국어가 '쌀라쌀라' 해서 통 베이징 어느 거리를 온 듯 착각할 정도이다.

  오늘은 그래도 운이 좋았다. 한겨울에 열흘간의 일자리를 구하기란 여간 녹록지 않았다. 오늘 봉고차의 인력들은 앞으로 별 탈 없으면, 열흘간 쓸 예정이라고 작업반장이 이야기하며, 농땡이 부리면 가차 없이 당장 자르겠다고 어깃장까지 놓는다. 일터는 상계동 아파트 재개발 현장이다. 막바지 공사가 한창이었는데, 앞으로 열흘 동안 기존의 아파트를 지지했던 구조물을 해체하는 작업이다. 해체가 그나마 건설보다는 일이 훨씬 수월하다. 짓는 것이 무게가 나가는 일이 더 많고 할 것도 많다. 해체 작업은 일할 때 안전사고만 조심하면 될 뿐, 건설 작업보다 수월하기는 하다. 일 내용을 확인하고 그는 한껏 흡족해한다. 하루 일당 11만 원. 무탈하게 간다면 열흘 동안 총 110만 원. 이번 달 밀린 카드값 내고, 다 떨어진 겨울용 신발 하나는 살 수 있겠다. 그는 어깨에 힘을 주며 신나게 손을 놀린다. 패널을 뜯어내고 철근을 해체했다. 손은 점점 얼어붙고 냉기가 가슴 속을 파고들지만, 주머니 난로를 종종 매만지며 지금 이 상태만으로도 행복감에 젖는다.

이름 한순례(韓巡礼). 올해 나이 76세. 집시처럼 돌아다니는 남자랑 정을 통하고 딸 하나 낳아 키웠다. 남편은 일 년이 채 지나지 않아 집을 나갔고, 딸년도 아버지 피를 그대로 받았는지 남도 자락 어디에 떠돌이로 산다는 소식만 바람결에 들을 뿐, 통 안부를 모른다. 허리는 기역 자 모양으로 굽어 있고, 항상 손에는 유모차를 개량한 손수레가 잡혀있다. 그녀는 서울 종로구 돈의동 쪽방촌에 산다. 지하철 5호선 종로3가역에서 내려 모텔 밀집 지역 쪽 골목을 들어서면 있다. 탑골공원과 종묘광장 공원의 사이 지점이다. 벌써 이곳에 산 지도 3년이 넘었다. 월세 24만 원. 서너 평 됨직한 공간이지만 비바람과 추위를 막기엔 충분하다. 혈혈단신으로 집이 큰 것도 필요 없다. 자기 한 몸 육신만 편안하게 눕힐 수 있으면 만족이다. 그래도 요즘은 노인복지정책으로 이런저런 지원을 받아, 한 달에 60여만 원을 정부로부터 받는다. 간혹 노인복지센터에서 밑반찬과 정부미를 제공해서 그 덕도 많이 본다.

오늘도 그녀는 손수레를 이끌고 종로 거리를 돈다. 폐휴지와 신문 등을 수거해서 고물상에 갖다 주면 kg당 50원을 쳐준다. 그 가격도 들쭉날쭉해서 어느 날은 이마저도 안 줄 때가 많다. 이렇게 해서 하루를 쏘다니면 6,000원 내외로 벌고, 한 달에 10만 원 내외의 용돈이 생긴다. 집에서 하는 일 없이 노닥거리는 것보다 운동도 되고, 돈도 생기니 즐겁게 한다. 돌면서 간혹 잘 가동되는 폐가전이나 철제품, 빈 병들을 주우면 횡재하는 날이다. 그런데 이것도 경쟁이 대단하다. 오륙 년 전만 해도 자기가 도는 구역에 두셋 있었는데 지금은 대여섯 명이나 된다. 그래서 늘 남보다 앞서게 일어나고 빠른 걸음으로 걷는다. 그리고 빈 종이상자를 모았다 주는 상가는 가끔 찾아가 인사를 해놓아야 폐품을 챙겨준다. 봄가을이야 날씨가 선선해서 할 만하다. 문제는 한여름과 한겨울이다.

고물상들은 이렇게 모은 폐휴지를 모아 kg당 100원에 재생펄프원료(R.P.M(Recycled Pulps Materials)) 회사에 되팔면, 그 회사는 재활용 수출을 통해 kg당 200원씩에 판다. 환경을 보호하고 살리는 의미에서 폐휴지 사업은 권장할 만하나, 이에 대한 노동 가치는 터무니없이 낮다. 이러한 사실은 알 턱이 없는 그녀는 매일 폐휴지만 주우면 그뿐, 더도 말고 덜고 말고 그냥 이대로 살다가 조용히 아프지 않고 죽으면 다행이라는 생각이다. 그러나 하루가 다르게 먹는 약은 늘어난다. 아침밥은 누룽지에 찬물 붓고 끓여 눌은밥을 먹는다. 그리고 30분이 지나면 약을 자그마치 여섯 봉지나 먹는다. 아마 알약 수는 족히 이십 개가 넘는다. 퇴행성 관절염약, 골다공증약, 위장약, 협심증약, 두통약, 혈압약 등. 약을 많이 먹어서인지 요즘은 통 입맛도 없다. 늙은이는 입맛 잃고 곡기 안 당기면 관밖에 갈 곳이 없다고 했는데, 날이 갈수록 죽음의 문턱이 얼마 남지 않았음을 실감한다. '죽을 때 남에게 민폐나 끼치지 않고 고이 가야 할 텐데…'가 그녀의 마지막 걱정거리이다. 순례는 그래서 가끔 방문해 식료품을 지원해주는 사회복지사에게 미리 당부한 바 있다. "만약 내가 이러다가 갑자기 저세상에 가걸랑 아무한테도 알릴 것 없이 조용히 화장시켜 탑골공원 근처에 뿌려달라. 혹 그것이 불법이면 탑골공원 어디 한구석에 땅 조금 파서 묻어줘."라고. 그러면서 그동안 모아놓았던 뭉칫돈 백만 원을 돈에 쥐여주었다. 교육복지사는 할머니의 뜻을 잘 알았으니, 이 돈은 넣어 두시고, 어려운 분들에게 지원되는 장례비용이 있어 그것으로 처리할 테니, 경비는 걱정하지 마시라고 했다. 그리고 할머니의 유지가 그러시다면 "내가 죽으면 화장을 원한다."라는 내용을 직접 쓰셔서 주시면 잘 보관하고 있다가 그렇게 처리하겠다고 했다.

올해도 마지막 달까지 왔다. 코로나로 말도 많던 한 해였다. 점점 코로나 이전의 사회처럼 분주하게 흘러갈 것이며, 연말의 분위기도 되살아날 것이라고 사람들은 말들이 많다. 그렇게 되고 싶어 하는 마음을 간절하게 표현한 것이리라. 순례의 눈과 맘에는 과연 그대로 되기만 기도한다. 그래야 폐휴지도 많이 나오고, 빈 병도 많이 나오기 때문이다. 차가운 아침 바람을 헤치고 오전 내 폐휴지 40kg을 고물상에 주어 2,000원을 받았다. 오늘은 수입이 시원치 않은 편이다. 잠시 쪽방에 들어가 한기를 녹인 후 점심을 먹고 다시 나오러 간다. 오후에 나올 때는 지난번 헌 옷 수거함에서 구한 대형 머플러를 하나 더 두르고 나오리라 다짐하며, 라면을 끓여 먹으러 집으로 향한다.

지구
일일생활권의 하루

※

　　　2031년 4월 15일(화), 음력으로는 3월 24일 박제이(朴Jay)의 스물한 번째 생일이다. 날씨는 오늘도 초미세먼지가 극성이지만 아침에 봄볕이 조금씩 내리쬐는 하루이다. 제이는 한국웰빙고등학교 관광가이드과를 졸업하고, 지금은 두나투어 관광기획팀에서 근무하고 있다. 고등학교를 졸업하고 고교졸업생 특별채용으로 취직한 행운아이다.

　오늘 그녀는 하이퍼루프(Hyperloop)를 타고 서울에서 블라디보스토크에 갔다가 그곳 지점 기획실장을 만나 1시간 협의한 후 귀환할 일정이다. 서울부터 그곳까지 1,742km이니, 1시간 반이면 충분하다. 아침 먹고 출발해 점심은 서울에서 먹을 수 있다. 진공터널 속 기차인 하이퍼루프는 최대 시속 1,223km이니, 어지간한 보잉 여객기의 시속 780km보다 거의 두 배에 가깝다. 하이퍼루프 기차는 진공에 근접하게 공기를 빼낸 지름 3.2미터의 터널을 28인승 캡슐 기차 형태로 운행한다. 아직 인간의 기술이 완전 진공을 실현하지 못해 이 정도의 속도이지, 완전 진공이 가능하다면 최대 시속 5만km까지 가능하단다. 10년 전만 해도 빠른 운송기관으로 비행기가 고작이었고, 일반인에 개방되지는 않았지만, 로켓 정도가 최고였다. 10년 만에 엄청난 운송수단의 발전이다.

하이퍼루프는 전기차업체인 '테슬라'의 창시자 '일론 머스크'가 2021년 여름 미국 네바다 사막에 설치하여 시험에 성공한 경진대회가 그 출발이었다. 캡슐이 달리는 튜브 속은 자기장으로 이루어진 강(江)과 같아, 자석의 양극에서 나타나는 인력과 척력을 이용해 가속력을 얻어 추진력을 삼는 레일건 기술을 사용한다. 1회 수송은 30톤까지 가능하며, 내부 기압은 해

수면의 천분의 일 정도에 불과하다. 캡슐의 뒤에 달린 거대 압축기는 캡슐 앞쪽에서 빨아들인 희박한 공기를 마치 주사기처럼 아래쪽으로 짜내서 안정적으로 떠 있게 한다. 이 운송 수단은 막대한 전기가 필요하다는 단점이 있으나, 진공 터널을 태양광 패널로 감싸고, 주변에 풍력과 조력 발전기를 대량 설치해 전력을 공급함으로써 이를 해결하였다. 2010년대 시속 200km 내외의 고속철도를 건설할 때, 20조 원가량이 들었는데, 하이퍼루프 건설은 불과 2조 원이면 가능하고, 이에 따라 운임도 대폭 낮출 수 있었다.

오늘 오후는 점심 식사를 마친 후 경복궁을 거닐며 커피 한 잔을 마신다. 그리고 10분간 파주로 드론 택시를 타고 간 후, 그곳에서 '스핀 론치'를 타고 러시아 수도 모스크바를 갔다가 저녁 9시경 귀가할 예정이다. 비용이 좀 들어서 그렇지 가는데 왕복 2시간이면 오가기에 시간 절약을 위해 어쩔 수 없는 선택이다.

스핀 론치는 원반 안을 빠르게 회전하는 막대기의 원심력을 가지고, 우주선을 대기권 밖으로 내보냈다가 최대 거리 2,000km에서 다시 중력에 의해 지상으로 떨어지면서 목적지로 향하는 운송시스템으로 2021년 11월 22일 미국에서 신개념발사장치로 첫 성공을 한 후 지속적인 연구로 현재까지 도달한 운송수단이다.

올림픽 육상 종목 중 투포환을 본떠 상용화한 기술로, 원 안에서 몸통을 빙글빙글 돌려서 원심력을 극대화한 후 금속 운송체를 던지는 행동을 공학적으로 재현했다. 경기도 파주의 스핀 론치 터미널로 드론 택시를 타고 가는 창공은 푸르고 젊은이의 숨결처럼 맑았다. 눈 아래 펼쳐진 서해 바다와 휴전선 비무장지대(DMZ)의 녹음은 볼 때마다 장관이었다. 강화도 부근에서 무리 지어 날아오르는 두루미들은 빈 하늘을 이리저리 휘저으며 맘껏 날갯짓하고 다녔다. 그 속

에 한두 마리씩 낀 직박구리, 박새, 어치, 곤줄박이
는 두루미의 흐름에 누가 되지 않기 위해 앙증맞은
자태로 한쪽 구석만 조용히 배회하고 다녔다.

그 숲속에서 미국 '자유의 여신상'보다 4미터나 더
큰 소라 모양의 스핀 론치 파주터미널은 미래 산업의
선두로서 보란 듯 우뚝 솟아 그 위용이 당당했다. 스
핀 론치가 막대기의 회전속도를 음속의 일곱 배가 넘
는 최고 시속 8,047km까지 끌어올릴 때 막대기 끝
의 우주선 운송수단은 마치 달리는 말 꼬리에 붙은
파리 꼴이라고 할까. 그 파리가 최고 속도에 도달하
는 순간 튕겨 나가면서 하늘로 향할 때, 정말 눈 깜
짝할 사이로 사라져버리는 모습. 불과 5년 전만 해도
유럽에 가장 빨리 가는 방법은 로켓을 타는 것이 유
일했지만, 연료 사용은 사 분의 일, 발사 비용은 십
분의 일로 확 줄어들면서 비행 중 사고나 고장을 최
소화한 운송수단으로써 스핀 론치는 지구 전체를 일

일 생활권으로 묶어 버렸다.

　우리나라에도 미국의 스핀 론치 기술을 배워 2년 안에 국산화된 '우주 대포'를 만든다고 하니 큰 기대가 된다.

　제이는 15시 11분 모스크바행 스핀 론치 탑승석에 앉았다. 안전장구로 핼멧과 안전옷을 입고, 안전띠를 단단히 조였다. 삼 분 후에 있을 출발에 대한 카운트다운이 시작되었다. 정확히 15시 14분이면 스핀 론치는 원심력 가동을 시작하고, 십분 이내로 발사 가능 최대 속도에 다다르면 15시 24분에 하늘을 향해 쏘아 올려질 것이다. 그러면 최고 상공인 지상 2,000km까지 15분이면 도달할 것이고, 그 정점을 찍은 후 러시아 스핀 론치 모스크바터미널을 향해 지구의 중력의 도움을 흠뻑 받으며 낙하할 것이다. 도착하는 데도 20분이면 충분하다. 모스크바터미널에 내려 각종 장비를 풀고 입국 수속을 마친 뒤 터미널

드론 택시 정류장에 들어서면 16시 20분이 될 것이다. 드론 택시로 이즈마일로프스키 공원 인근에 자리 잡은 이즈마일로보 베타 호텔에 16시 40분이면 충분히 도착할 것이다. 회의가 17시부터이니, 잠시 숨을 고르고 화장실에 마지막 단장을 점검한 후 회의실로 입실하면 된다. 오늘 회의는 국제 관광도시와 환경협약에 관련된 심포지엄이다. 제이 회사의 사장은 심포지엄장에서 어떤 관광 정보와 이야기가 협의되는지 정보 수집차 보낸 출장이었다. 아마 회의는 19시쯤 끝날 예정이고, 제이는 한두 시간 레스냐야 거리의 차이호나 레스토랑에서 여기서만 맛볼 수 있는 러시아 정통 닭고기 샤슬릭을 만찬으로 먹을 예정이다.

닭꼬치에 칠리 소스를 묻히고 거기에 양파를 얹어 먹으면 가히 일품이었다. 서울 압구정동에서도 이를 흉내 낸 레스토랑이 있으나, 러시아 정통의 샤슬릭 맛은 결코 내지 못했다. 샤슬릭을 먹은 후엔 디저트로

나폴레옹 디저트를 먹을 것이다. 부드러우면서 달콤한 것이 한 입보다는 좀 더 커서 두 입으로 베어 먹으면 끝이다. 그런 후 스핀 론치 모스크바터미널로 저녁 8시 5분까지 도착해 서울 가는 스핀 론치를 탑승하면 서울에 늦어도 저녁 9시쯤에 도착할 것이다. 그리고 귀가하여 오늘의 심포지엄 내용을 간단히 정리해 내일 아침 출근 때 브리핑 자료를 제출하면 된다.

제이는 귀가 전 이러한 내용을 미리 홈시스템 컴퓨터에 전화로 연락해 놓은 상태이다. 집에 도착하니, "오늘도 고생하셨다."라는 여성의 부드러운 기계음이 제이를 맞이하면서 목욕탕에 40℃의 물이 찰랑거리며 욕조에 차있고, 그녀는 반신욕을 간단히 한다. 그리고 서재에서 부팅된 컴퓨터 앞에 앉아 브리핑 자료를 만든다. 어느새 집 로봇 '애니'는 숙면과 피로 회복에 좋은 주줍티(대추차)를 알맞은 온도로 맞추어 자리 위에 올려놓았다. 30분간 브리핑 자료를 완성 후 주줍티를 한 모금 깊이 빨아들이고 조용히 침대로 향해 잠을 청한다. 그러면 자동적으로 숙면을 위한 조명과 음악이 잔잔하게 가동된다. 제이는 그 속에서 조용하게 한없는 잠의 나락으로 서서히 떨어진다.

천재
그 이후

＊

천재용(54세). 어릴 적 IQ는 143. 당시 기네스북에도 당해연도 최고의 천재로 등재된 자. 35세 때인 2002년, 수학의 노벨상이라 일컫는 필즈상을 북경 수학자대회에서 장쩌민 국가주석으로부터 직접 받았다. 필즈상은 국제적인 수학상을 제정한 필즈의 기부금으로 4년마다 수여되며, 재용이 수상한 해부터는 대회 주최국의 원수가 수여하면서 그 첫 수혜자가 되었다. 한국의 수학 열풍은 국제수학올림피아드에서 두드러진 실적을 올렸다. 이 때문에 서울 강남을 비롯한 교육과열지구에서는 수학올림피아드반을 발빠르게 개설해 짭짤한 수입을 올리는 사교육 시장이 형성되었고, 어쨌거나 선수학습과 고비용 수학반 운영 덕인지 한국도 국제수학연맹(IMU)의 최상급 5등급 국가에서 빠져 있다가 2002년 재용의 수상으로 5등급 국가로 인정까지 받았다. 그는 필즈상 수상으로 국제인명사전 '후즈 후(Marquis Who's Who in the World)'에도 2003년 이름을 올렸다.

그의 천부적인 수학 재능은 부모님의 유전적 요인도 중요했겠지만, 우연히 EBS 교육방송을 시청하다 고교 미적분에 빠지면서 5살부터 두각을 드러냈다. 초중고를 모두 검정고시로 통과했고, 7살 때는 일본의 명문대학인 메이지대학 나카노 캠퍼스에서 개최한 국제수학경시대회에서도 대회 사상 최초로 최연소 대상 수상자의 영예를 안았다. 그는 메이지대학의 특례입학을 안내받았지만, 과감히 한국대학교 수학과에 진학한다. 그러나 대학생활도 잠깐, 그의 천재성을 간파한 미국 NASA의 초청으로 계산과 예측에 관련된 천재성을 발휘하였다. 미국 콜로라도대학 대학원에서 박사학위까지 마치고 연구원으로 3년간 더 근무했다. 그때 나이 19살.

19살 봄날, NASA에 통보하지 않고 무작정 제주행을 택해 귀국했다. 너무 지치고 외롭고 힘들었다. 자기 주위에는 연구원 측 사람만 몇 명이 있을 뿐이었고, 하루에 길어야 오백 단어만 사용하며 살았다. 지시와 집중만 있었다. 저녁 이후의 삶은 고독과의 싸움이었다. 말동무는 물론 없었다. 그에게 친구는 컴퓨터뿐이었다. 그는 귀국 사실을 아무에게도 알리지 않았다. 굳이 알릴 만한 사람이라고 해야 부모님이 전부였다. 부모님께도 알리지 않았다.

제주도 바닷가에 안착했다. 마침 제주도에서 수산질병관리사로 물고기병원을 운영하는 작은 외삼촌에게 의탁했다. 부모님께는 절대 비밀을 유지해 주는 조건이었다. 물고기병원에서 외삼촌을 도와 허드렛일을 하다가 우연히 해녀 몇 분을 알게 되었고, 그들을 따라 해루질을 배웠다. 그녀들의 헉헉대는 숨비소리는 목숨을 담보로 어패류를 쟁취하면서 내는 생명의 소리였다. 그날 잡은 해산물을 그날 먹어 치웠다. 보말로 파전을 해먹고 뿔소라는 각종 채소와 곁들여 무쳐 먹었다. 가끔 전복을 횡재한 날에는 딱새우와 함께 라면에 넣어 먹는 호사도 누렸다. 제주도 말로 '놀멍 걸으멍 쉬멍' 하면서 살았다. 행복했다. 세상이 아름다웠다. 물결은 밝고 푸르렀으며, 수평선은 언제나 리미트의 극단을 뛰어넘는 직선을 그렸다.

재용은 이렇게 육 개월을 살면서 마음이 한결 가벼워지고, 얼굴빛이 환하게 바뀌었다. 약관에 즈음해서 누리는 인생 최초의 행복감. 너무나 좋았다. 그동안 계산과 예측을 위해 골머리를 썩였던 과거를 과감히 벗어던졌다. 그리고 그해 대학수학능력평가를 다시 응시해 제주대학교 수산생물의학과에 수석으로 진학했다. 외삼촌과 같은 길을 걷고자 택한 길이다. 그래도 수학의 세계에 등을 완전히 돌리지는 못했다. 배운 게 도둑질이라고 그동안 누리고 갇혀있던 수학의 세계를 벗어나는 것은 어찌 보면 불행의 시작일 것이다. 그는 세계적 수학 학술지를 수시로 보고, 간혹 논문을 발표했으며, 국제수학학술대회에도 참석하는 데 최선을 다했다.

줄곧 제주대 학부생으로 같은 또래의 친구들과 어울리며, 청춘을 얻었고 젊음을 누렸다. 술도 실컷 먹어보고 담배도 피워 보았으며, 밤새도록 노래를 부르며 시내를 활보도 해보았다. 이게 사람 사는 세상이란 걸 가슴으로 느꼈다. 제주는 자연이 아름답고 사람들이 맑았고 바람이 시원했다.

학부생 2학년 때 제주대학교 수학통계학과에서 자신의 과거를 어찌 알고 초빙교수로 올 것을 간곡히 부탁했다. 삼고초려하는 그들에게 자신이 줄 수 있는 지식의 한 부분을 전달하는 것도 나쁘지는 않겠다고 생각해, 주 3시간만 하루에 강의하는 조건으로 결국 허락했다. 그러니까 재용은 대학생이며, 대학 교수였던 것이다.

대학생으로 갈 때는 청바지에 맨 티셔츠 하나만 덜 렁 입고 또래처럼 다녔다. 학과가 해양과학대학이라 건물이 아라캠퍼스 동쪽에 위치했고, 교수로 수업이 있는 날은 자연과학대학 건물이라 교문 바로 앞, 캠퍼 스 서북쪽에서 신사복 정장에 맞춤 구두와 허리띠까 지 갖춰 입고 나가 열강했다. 그렇게 이중으로 사는 동 안 거리는 물론이거니와 단과대학 간 교류가 많지 않 아 그럭저럭 숨기는 전율을 느끼면서 학교에 다니는 것 도 재미있었다. 그러나 결국 영원한 비밀이란 없었다.

마침내 그에 대한 소문은 입에서 입으로 퍼져 제주 대학교 '학생 교수'라는 유명한 인사가 되었고, 이것 이 언론까지 퍼져 제주 지방 방송국에서 핫이슈로 자 신을 재조명하는 다큐까지 찍으려 했다. 재용은 다시 천재로 알려지는 것이 너무 두렵고 '과거로 회귀하는 것 아닌가?' 하는 생각에 방송 출현과 인터뷰를 일체 고사했다. 그랬더니 오히려 불씨에 휘발유를 붓는 꼴로 화근이 되었다. 결국, 그는 한 달 동안 칩거에 들어갔다. 태어나 거의 이십 년 만에 온 행복을 빼앗기는 것이 너무나 두렵고 염려스러웠다.

남 이야기는 사흘이면 끝난다더니, 한 달가량을 종적 없이 칩거하자 소문이 서서히 잠잠해지고, 자신은 그제야 서서히 얼굴을 드러냈다. 자신의 작은 행동으로 일파만파 커지는 소문을 보며, 다음 학기에는 수학통계학과 강의를 접기로 했다. 그리고 조용히 수학 관련 학회나 논문 작성에 컨설팅이나 컨펌을 해주는 것으로 입장을 정리했다.

그는 그 이후 해녀 아주머니의 소개로 수의대를 진학한 해녀의 딸과 백년가약을 맺었다. 그리고 아들과 딸 하나씩을 두었다. 재용은 지금 제주대학교 수학통계학과 정교수로 임용되어 학생들을 가르쳤고, 아내는 제주 신도시에서 말을 전문으로 치료하는 수의사로 근무하고 있다. 재용의 가족은 1주일에 꼭 한 번 이상 올레길을 걸었고, 한 달에 한 번은 꼭 한라산을 등반했으며, 일 년에 두 번은 육지로 나가 일주일 이상씩 쏘다니며 왔다. 그리고 이 년에 한 번은 꼭 해외 가족여행을 나갔다. 어릴 적 천재라 화제가 되었던 재용은 나이가 40, 50을 넘어서자 그냥 평범한 소시민으로 가족들과 사랑하고 어울리며 살았다. 모난 돌이 정 맞는다고, 어릴 적 정을 너무 많이 맞아 그런지 지금은 무디고 흔한 돌맹이가 되어 한가롭고 여유 있게 살고 있다.

신이 한 인간에게 재능을 주는 것은 감당할 능력이 있을 때 빛이 날 것이다. 그런데 그 감당이 여간 큰 멍에가 아니다. 이를 짊어지고 나가는 용기가 없다면 그냥 삽질하면서 편하게 사는 것이 만고의 진리이며, 세상사의 왕도이리라. 천재용은 이를 태어나 삼십 년이 다 되어 깨달았다. 어쩌면 남보다 빠른 매질로 일찍 성숙했는지는 모르겠다. 그러나 성숙해질 때까지의 아픔과 시련은 다시 기억하고 싶지 않은 역사였다. 자신은 과거를 스쳐 보내며 잊겠지만, 과거는 자신을 잊지 않을 것이다. 그는 지금의 자신이 좋다. 그리고 주위에 있는 건강한 가족이 좋다. 모든 인생이 모두 한 번 스치고 지나는 것이라면 순간순간 아름답고 행복감에 젖는 것보다 나은 삶은 없으리라. 그는 오늘도 푸른 하늘에 피어나는 하얀 뭉게구름을 보며, 힘껏 웃음을 날리고 휘파람을 불어 본다.

로또 당첨
그리고…

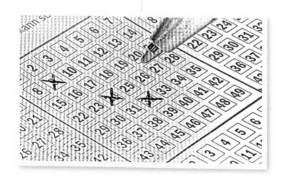

✳

　　　　　　이대박(49세, 남)은 오늘도 어김없이 로
또 복권 판매소를 퇴근길에 들렀다. 건설업 일용노동
자로 근무하지만, 로또는 일주일의 행복이다. 수포가
될 때가 99.9%라 할지라도 0.1%의 희망으로 부푼 일
주일을 살아나가는 원동력이다. 십 년째 일주일에 만
원어치 로또를 구매한다. 그간 사오 등을 해서 푼돈
을 몇 번 번 적은 있으나, 쓴 돈에 비하면 당첨을 못
받은 것이나 매한가지다.

　오늘 토요일 저녁 오후 8시 45분. MBC 문화방송
에서 923회 로또를 추첨한다. 이번 회차는 당첨되면
1등이 15억 원이다. 일 단위의 노란색, 십 단위의 파
란색, 이십 단위의 분홍색, 삼십 단위의 회색 등이
조합하여 총 6개가 뽑히고 덤으로 하나를 더 빼 2등

상을 준다. 오늘의 당첨 번호가 하나씩 발표된다. 그때마다 가슴은 쫄깃하다.

35번 회색 공이다. 어이쿠, 첫발부터 당첨이다. 이런 일은 간혹 있었던 일이라 매우 놀라지는 않는다. 두 달에 한 번꼴로 있는 현상이다. 두 번째 공을 뽑는다. 노란색 9번이다. 얼라리오! 두 번째도 맞았다. 그렇게 흔한 일은 아니지만, 전혀 없는 경우도 아니다. 곧이어 셋째 공이 뽑힌다. 노란색 2번. 아! 이게 어쩐 일이다냐! 일이 년 만에 한 번꼴로 오는 세 개까지 맞추었다. 5등이니 오천 원이 당첨금이다. 산 금액의 반은 건진 셈이다. 다시 한번 회차를 확인한다. 화면 맨 위에 오늘 날짜의 923회차가 분명히 맞다. 가슴이 조금씩 떨려온다. 네 번째 공이다. 오금이 바짝 조여진다. 파란색 16번이다. 와! 대박. 네 개만 맞으면 4등이니, 5만 원이 당첨금이다. 돈이 어지간히 된다. 심장이 이제는 제법 쿵쿵거린다. 이마에는 땀이 송골송골 맺히기 시작했다. 다섯 번째 공이 뽑힌다.

회색 37번. 세상에나! 이것까지 맞았다. 두 눈을 손
등으로 비빈 후 다시 눈을 부릅뜨고 정신을 차리며
숫자를 쳐다본다. 37번이 맞다. 손이 바르르 떨린다.
이제 땀은 주르륵 이마에서 얼굴 볼의 한가운데로 흘
러내린다. 최소 3등으로 당첨금은 몇백만 원가량이
다. 여기에 보너스로 뽑는 공이 일치하면 2등으로 몇
천만 원까지 당첨금이 뛴다.

마지막 여섯 번째 공이다. 대박에게 남은 숫자는
10번. 드디어 마지막 공이 뽑혔다. 노란색 10번이다.
눈알이 빙빙 돈다. 어지럽다. 이게 꿈인가 생시인가.
자기 낯짝을 후려갈긴다. 머리를 절레절레 흔들어보
기도 한다. 현실이 맞다. 진행자는 지금까지 당첨된
공 여섯 개를 다시 한번 숫자 크기순으로 배열해 놓
는다. 2, 9, 10, 16, 35, 37. 대박이도 자기의 로또
를 다시 한번 눈을 크게 뜨고 하나하나 맞춰본다. 2,
9, 10, 16, 35, 37. 똑같다. 보너스 공 하나를 추가로

뽑는데, 노란색 1번이다. 이건 맞지 않아도 된다. 대박이는 결국 1등에 당첨되었다.

심장은 가슴의 갈빗대를 뚫고 밖으로 뛰어나올 듯이 쿵쿵한다. '이러다가 심장마비로 죽을 수도 있겠구나.' 생각도 해본다. 주위를 살핀다. 아무도 없다. '이젠 고생 끝이구나.' 하는 생각이 단번에 든다. 한우 1등급 투플러스 새우살에 소주 한 번 진탕 먹겠다고 상상한다. 당첨금은 장장 15억. 복권 당첨금이 3억원 이상이면 국세 30%에 지방세 3%가 제세공과금으로 부과된다. 따라서 대박이 받는 돈은 33%의 세금을 제외하고 실수령액이 10억5백만 원이다.

어젯밤 꿈에 황소 같은 똥돼지가 누런 똥을 몸에 황금처럼 바르고 자기에게 쏜살같이 달려오는 것을 피하고 피하려다 할 수 없이 들이받혔는데…. '꿈에서 피했으면 큰일이 날 뻔했구나.' 하며 다행이라는 한숨까지 쉰다.

마음을 차분히 가라앉히고 자리를 정돈한다. 그리고 지난번에 단칸방 한쪽으로 내팽개쳐졌던 메모장을 꺼내 본다. 이어서 돈 쓸 곳을 천천히 적어본다. 먼저 그동안 매달 150만 원씩 이자를 냈던 빚 2억3천만 원부터 갚기로 한다. 이것저것 하다가 치킨집은 그래도 안 망한다는 말에 귀가 솔깃해서 운영했던 사업이 보기 좋게 말아먹으면서 진 은행 빚이다. 처음엔 1억5천만 원이었으나, 이자를 제대로 갚을 수가 없어 제2금융권으로 옮겼고, 이것 또한 이자가 지체되자 결국 사채 일부분을 끌어썼는데, 하루가 다르게 눈덩이처럼 불어나더니, 2억3천만 원이 되었다. 사채업자에게 이제는 기죽지 않고 당당하고 '옜다. 2억 3천 받으슈. 영수증 빨랑 써주고. 다음부터는 길거리에서 만나도 절대 아는 척하지 맙시다. 내 전화번호는 물론 지우고, 앞으로 다시는 연락하지 마시오.'라고 큰소리치며 나올 생각이다. 상상만 해도 입꼬리가 활시위처럼 늘어나며 흐뭇하고 신난다.

그날 밤은 잠도 자지 못했다. 복권 종이만 가슴에 꼭 안고 뜬눈으로 밤을 새웠다. 로또 뒷면에 당첨금 지급은 본인이 신분증을 가지고 농협은행 본점으로 가야 한단다. 이런저런 행복한 상상 속에서 잠을 설치고 아침 9시쯤이 되어서 자리를 박차고 일어났다. 세수와 면도까지 깔끔하게 마쳤다. 가장 가까운 농협 본점을 집에서 버스를 타고 두 정거장이면 가는데, 왠지 불안한 생각에 걸어서 가기로 했다. 그리고 여차하면 쓸 용도로 호신용 쇠 파이프를 오른쪽에 쥐고 대문을 나섰다. 거리의 사람들이 자기만 보고 있었다. 자기 가슴 품속에 넣은 당첨 로또만 쳐다보았다. 대박은 눈알을 부릅뜨고 화난 표정으로 거리의 사람들을 하나하나 응시하며 걸었다. 모두 도둑놈처럼 보였다. 대박은 이럴 때일수록 힘 있는 사람처럼 당당하고 자신감 있게 행동해야 한다고 하면서 발걸음을 옮겼다. 5리 되는 거리를 반 시간 만에 도착했다. 은행은 이제 막 입구를 열었다. 어느 은행원은 창틀과 책상을 정리하고, 고객들의 자리를 물걸레질했으며, 도서 게시대의 책들도 가지런히 정리했다. 어느 은행원은 옷맵시를 단정하게 여미고 있었다. 그는 그 중 막바지 정리를 끝내고 고객을 기다리던 한 은행원과 눈이 마주쳤고, 번호표를 뽑아 순서를 기다렸다. 눈이 마주친 은행원의 번호 벨이 딩동 울렸다. 대박은 가슴 속에 넣어둔 당첨 로또를 조심스레 꺼냈다. 어제저녁 하도 만지고 쓰다듬은 탓인지, 종이가 힘이 없고 헐렁헐렁했다. 그러나 회차와 숫자는 아주 선명하고 또렷했다. "무엇을 도와드릴까요?"라는 은행원의 물음에 대박은 제가 어제 로또 1등에 당첨되어 당첨금을 받으러 왔다고 작은 목소리로 그녀만 들리도록 속삭였다. 그 은행원은 잠시 기다리라고 하더니, 어제 발표한 회차의 당첨 번호를 확인하였고, 대박의 로또 복권을 달라고 하더니 대조하기 시작했다. 이윽고 은행 과장과 잠깐 얘기하고 은행장실로 들어간 후 잠시 뒤에 은행장으로 보이는 말쑥한 옷차림의 중년 신사와 같이 나왔다. 곧이어 은행원 옆에 나 있는 쪽문을 개방하고, 은행장이 직접 안내해 은행장 실로 들어갔다. 은행장실로 들어간 이대박은 당첨금은 제세공과금을 제외하면 10억500만 원이며, 이 돈을 어디에 쓰실지는 모르겠으나, 자기 은행에 맡겨 주기를 은행장으로부터 간청을 받았다. 대박은 그렇지 않아도 보관할 방법을 고민 중이었는데, 그렇게 하겠다고 하고, 우선 급하게 자투리 오백만 원은 현찰로 지금 받고 싶다는 의향을 전했고, 잠시 후 은행원은 10억이 들어간 통장과 일련번호가 죽 이어서 매겨진 새 돈 오만 원권 100장 한 묶음을 가지고 행장실에 들어왔다.

머리를 조아리는 은행장의 인사를 뒤로하고 은행을 나선 대박. 먼저 아침부터 이 돈벼락 맞은 행복감을 만끽하기 위해 24시간 운영하는 해장국집에 들어가 수육 한 접시와 소주 두 병을 시켜놓고 껄껄껄 웃으며 반주를 하였다. 아침부터 먹는 술맛이 그렇게나 달고 쩍쩍 감겼다. 혼자 껄껄껄 웃는 모습을 곁에서 지켜보는 이들은 '저거, 아침부터 미친 거 아닌가?' 하는 표정으로 대박을 곁눈질하였고, 어느 사람은 조용히 혀를 끌끌 차기도 하였다. 그러나 대박은 주위의 남들이 이러거나 저러거나 신경 쓰지 않았다. '지 놈들이 지금 내 기분을 알기나 할까?'라는 마음이었다.

반줏값으로 수육 만이천 원에 소주 두 병 만원, 총 이만이천 원을 현금 오만 원으로 치르고, 잔돈 이만 팔천 원을 받았다. 기분 삼아 팁으로 "잔돈은 됐고요."라는 드라마 속 사장들의 대사는 평생 한 번쯤 해보고 싶은 말이었다. 오늘 해볼까 하다가 아직도 그간의 역사를 벗어나지 못하고 주섬주섬 잔돈을 받아 챙긴다. 그러는 자신이 초라해졌지만, 배부른 자의 초라함은 낭낭함의 또 다른 표출일 뿐이었다. 오늘 못하면 내일 하면 되고, 아직 할 날은 주야장천 남았으니, 걱정하지 않았다.

아침부터 정신이 알딸딸한 것이 제법이었다. 시내의 거리를 활보하는 사람들은 무엇이 그리 바쁜지 종종걸음으로 분주했다. 그런 사람들의 모습이 그전에는 그렇게나 부러웠는데, 지금은 그들이 너무 안쓰러워 보였다.

터벅터벅 거리를 가다가 언제나 그 건물을 지나면 쭐밋거리며 주눅이 들었던 ○○호텔 앞이었다. 술도 취했겠다, 잠도 오겠다, 돈도 풍족하게 있겠다, 뭐가 두려운 게 있겠는가. 대박이는 호텔 정문을 아주 어연번듯하게 들어섰다. 호텔 정문을 지키던 호텔 보이가 허름한 대박의 입성을 보며, 오른팔로 제지했다.

"어이! 아저씨. 술 많이 취하셨구먼. 여기는 아저씨 같은 분들이 오는 데가 아니에요. 얼른 나가요. 어서."

대박은 순간 울화가 치밀었다. 입성이 별수 없고 몸태가 볼품없다고 괄시하는 것이다.

"야! 너 뭐야? 여기 사장 나오라고 해. 호텔이면 다냐? 손님을 이렇게 푸대접해서 되겠어? 잠깐 쉬고 가려는데 감히 막아? 얼마야, 도대체. 하루 빌리는 데 얼마냐고?"

당당하고 꼬장꼬장한 대박의 낌새에 호텔 보이는 잠시 기가 죽는다. 그러면서 묻는다.

"스탠다드가 이십만 원이오. 그런 돈이 있으신가?"

대박은 가슴 속에서 오만원권 지폐 5장을 뺀다. 그리고 호텔 보이에게 주면서,

"여기 25만 원 신권으로 주마. 오만 원은 팁이다. 얼른 방 열쇠 하나 가져오고 안내나 해봐."

호텔 보이는 깜짝 놀란 토끼 눈으로 돈을 확인하고 또 확인했다. 혹시 위조지폐는 아닌가 꼼꼼히. 틀림없는 신권 오만 원이 맞다.

호텔 보이는 부리나케 카운터에 가서 방 열쇠 하나를 받아, 술 취한 대박을 침실로 모셨다. 호기로운 대박이는 호텔 보이의 부축을 받으며 호텔 방으로 안내를 받았다. 7층이었다. 호텔 보이를 돌려보내고, 들어서자마자 커튼을 열어젖혔다. 길거리가 환하게 내려다보이고, 저 멀리 용미산(竜尾山)이 펼쳐져 있었다. 높은 곳에서 쳐다보는 용미산은 그 이름처럼 용의 꼬리를 우렁차게 꿰찼다. 침대에 정갈하게 침대보가 놓여 있고, 작은 냉장고에는 헛개나무 드링크 두 개가 가지런히 있다. 대박은 그중 하나를 따서 시원하게 목 넘김을 했다. 그리고 달콤하고 얼떨떨한 취기를 떨어내고자 샤워실의 욕조에 뜨거운 물을 받았다. 간단히 샤워만 할까 하다가 이런 호사를 정말 돈 많은 재벌처럼 드라마틱하게 즐기고 싶어졌다. 옷을 하나씩 벗었다. 마치 다 큰 애벌레가 탈피하듯 천천히 움직였다. 벗어놓은 옷을 보는 순간 누추한 옷 꼴이 무척 열없었다. 이 호텔을 나가면 백화점에 가서 유명 메이

커 신사 정장을 서너 벌 당장 사야겠다. 불콰한 나체로 샤워실 안 욕조에 천천히 몸을 담근다. 취기로 더워진 몸 때문인지, 욕조 안 물이 너무 뜨겁다. 찬물을 잠시 틀어놓고 서서히 수온이 내려가자 발가락 끝부터 몸을 담근다. 목까지 잠긴 몸은 온 피부가 따끔거리며 호흡을 시작한다. 수온이 내려가자 다시 온수를 틀어 욕조 안 수온을 높인다. 몸이 노곤해지고 졸리기 시작한다. 정신을 차리고 밖으로 나와, 바디샴푸를 한 번 죽 짜서 타월에 묻히고, 온몸 구석구석에 비눗방울을 만든다. 샴푸 향이 인공이지만 라벤더 향이 진하다. 마음이 차분해진다. 샤워기로 온몸의 비누를 떨어낸다. 그리고 높은 선반에 미리 갖춰진 타월을 꺼내 온몸을 구석구석 닦고, 조용히 샤워실을 나온다. 그리고 침대 위로 몸을 휙 던져 놓는다. 눈을 지긋이 감는다. 너무 편하고 졸리고 거북하지 않다. 스르륵 잠결이 찾아온다. 그리고 하염없이 심잠의 세계로 빠져든다.

얼굴에 햇빛이 들어왔는지 따가운 감촉이 돌면서 눈을 떴다. 오후 1시 반이다. 아주 달콤하고 기분 좋은 낮잠이었다. 불현듯 출출하다. 호텔 로비로 전화를 걸어, 이곳 호텔에서 점심 식사로 먹을 수 있는 룸서비스 메뉴에 대해 안내받는다. 그중 제일 비싼 것으로 해장이 될 수 있는 메뉴를 고른다. 황제짬뽕이라 해서 전복, 송이버섯, 한우 갈비가 들어간 짬뽕을 시킨다. 짬뽕 하나에 이만이천 원이란다. 오라지게 비싸다고 생각하다가 '돈 많은데 뭐.' 하면서 이내 접는다. 20분 후엔 배달된단다. 짬뽕이 오는 동안 무엇을 할까 고민하다가 벽에 걸린 45인치 크기의 TV를 켠다. 여자 쇼호스트가 짧은 핫팬츠에 몸에 밀착된 윗도리를 세트로 입고 위아래 세트로 판매하는 데 열중이다. '푸~흑' 웃음이 난다. 예전엔 민망스러웠을 행동들이 버젓이 TV에서 광고까지 하는 것을 보며 세상이 많이 달라졌음을 또 한 번 느낀다.

따뜻한 이부자리 안에서 조용히 눈을 감아 본다. 그리고 고향에 두고 온 새끼를 생각한다. 지 애미 없이 삼 년이나 산 딸 하나가 애절하다. 오 년 전 먹고 살기 힘들 때 최후까지 간다는 치킨집을 열었다. 그것도 아파트 골목에서. 처음 한두 달은 개업 발 덕인지 손님의 발길이 끊이지 않더니, 경기가 점점 나빠지고, 코로나바이러스로 세상이 혼란해지면서 오가는 발길이 뚝 끊겼다. 그러면서 대박이는 술이 잦아졌고, 이를 참지 못한 아내와 싸움이 잦아지면서 끝내 아내는 아이를 남겨둔 채 집을 박차고 나갔다. 치킨집도 집기 가격만 겨우 몇 푼 받고 거저 넘겼다. 그것이 벌써 삼 년이나 지났다.

딸 아이를 데리고 사는 홀아비의 인생은 절대 녹록지 않았다. 이곳저곳 이것저것 가리지 않고 돈을 벌면서 입안에 풀칠하는데, 딸 아이는 되는 호박에 손가락질하듯, 길리는 못미 되었디. 그래서 결국 고향 어머니께 과감히 넘기고 혈혈단신으로 일용노동자 품에 섞여 일을 시작한 지도 어언 이 년이 훌쩍 넘었다. 다달이 양육비로 이십만 원씩 부쳤지만, 그것마저도 좀 돈벌이가 되었을 때이지, 거지반 부치지 못할 때가 더 많았다. 자기 같은 자식을 낳은 어머니가 너무 불쌍도 했지만, 그게 모두 자기 팔자려니 했다. 그에게 있어 돈벌이는 단순히 생계만은 아니었다. 일은 돈을 벌기 위한 수단이기도 했지만, 사회 구성원들과 소통할 수 있는 유일한 통로이고 시간을 소비하는 방책이었다.

이제 그 어머니께 보란 듯이 아파트 한 채나 밭떼기 한 마지기를 사줄 요량이다. 아파트에 사시면 일하던 과거를 벗어나지 못하고 우울해질 수 있어, 노인요양센터나 양로원, 노인복지센터를 소개해 줄 것이다.

그러나 어머니는 평생 땅 파면서 사셨고, 그 땅에서 나온 소출을 내다 파는 낙으로 사신 분임을 염두에 두면 동네에서 가장 기름지고 양지바른 밭을 한 마지기 사주는 것이 좋을지도 모르겠다는 생각도 든다. 아마 1억이면 충분히 사고 남으리라. 딸 아이는 생각을 물어 자신과 같이 살고자 하면 데리고 올 것이지만, 그냥 할머니랑 있는 것이 편하다고 하면 내버려 둘 것이다. 그러면서 내심 따라오지 않았으면 한다. 이제 자신은 당첨금을 솔솔 빼먹으며 사는 행복과 향락의 세계에 빠져들 텐데, 딸년이 오히려 남의 잔칫상에 찬물을 끼얹는 격이었다. 은행에 넣어둔 10억은 은행이자가 아무리 박해도 연 2%, 그렇다면 연 이천만 원이 이자이고, 이를 다달이 환산하면 매달 170만 원꼴로 돈이 저절로 생긴다. 그러나 이 돈으로 돈을 불리기란 불가능하다. 시쳇말로 투자가 최고인데, 투자도 부동산, 주식, 가상화폐, 명품 가방, 그림 등이 있지만, 다 자신에게는 딴 세계의 것들이다.

지난번 공사장 일을 나갔다가 같은 일용직 일꾼인 영철 씨한테서 양돈 투자에 대해 들은 적이 있다. 자기 친구가 그 사업을 하는데, 돈을 쇠스랑으로 긁어 모은다는 거였다. 투자자들은 돼지 한 마리당 30만 원씩 사서 양돈 농가에 위탁하고, 양돈 농가는 마리당 한 달 양육비로 만 원씩 주면 일 년 후에 성장하여 도살장에 팔 때 칠팔십만 원에 팔고, 투자자는 30만 원 원금에 1년 양육비 12만, 총 42만 원으로 거의 두 배의 수익을 올린다는 거였다. 투자자는 돈만 내면 되고, 아무 신경 쓸 것은 없다. 단, 위험은 양돈장에 질병이나 전염병이 돌아 돼지가 죽게 되면 투자금을 전혀 회수하지 못하는 것은 있었다.

대박은 거창한 부동산이나 주식보다는 자신이 조금이나마 알고 있는 양돈 사업에 투자하기로 맘을 먹었다. 로또 당첨도 똥돼지 꿈 덕이 아니었던가? 조만간 영철에게 소개받아 그 업자를 만난 후 저축액의 6할을 투자해야겠다고 생각했다.

'딩동!' 주문한 황제짬뽕이 들어왔다. 눈으로 그 황홀함에 경탄을 금치 못하며, 한입 쑤욱 넣어 본다. 입안에서 혀가 놀라 자빠지고 난리다. '세상에 이런 맛도 있구나.' 했다. 사람은 돈에 따라 사는 세상이 다를 수 있음을 뼈저리게 느낀다. 천 원 하는 짬뽕라면을 먹는 인생과 이만이천 원 하는 황제짬뽕을 먹는 인생은 혀의 감각과 거기서 느끼는 삶의 질이 천양지차이구나 했다.

황제짬뽕을 마파람에 게 눈 감추듯 먹어 치운 대박은 해장의 기운을 만끽했다. 온 얼굴에 땀이 범벅이었다. 이제 주섬주섬 옷을 입고 둘레둘레 호텔 방을 나섰다. 그리고 곧장 백화점 신사정장 매장이 있는 4층을 향했다. 백화점 입구부터 많은 사람이 허름한 대박의 차림새를 보며 백화점 시설 작업 인부 대하듯 했지만, 대박은 마음 기울이지 않고 곧장 신사매장으로 향했다. 그리고 그 멋지고 잘생긴 남자 탤런트 김

호남 군이 선전하는 매장 안으로 들어섰다. 매장 점원들은 입구에 들어서는 인기척에 "어서 오세요!" 하며 큰 소리를 내다가 금방 소리가 작아지며 실망스러워한다. 대박은 이런 분위기에 아랑곳하지 않고 대뜸 점원에게서 묻는다.

"요즘 최고 잘 나가고, 제일 비싼 신사 정장이 대체 뭐요?"

점원은 의아한 표정으로 마지못해 안내하지만, 이 고객은 어떤 사람일까 궁금해한다. 정말 옷을 사려는 사람일까 아니면 한번 위세나 부리다 가는 잡놈일까? 그러면서 점원은 다시 한번 자세를 고쳐 정중하게 안내하고 만다. 이런 사람일수록 자기 피해의식이 강해 조금만 눈에 거슬렸다가는 클레임을 걸거나 대놓고 갑질하는 경우가 많고, 정말 흔하지 않은 일이지만, 돈 많은 재벌 중에 이렇게 후줄근하게 차려입고 옷을 한 번에 수백만 원씩 사는 사람이 간혹 있기도 했다.

대박에게 점원은 가장 비싸고 인기 있는 신사정장을 보여줬다. 잡놈이라면 그 엄청난 가격에 놀라 바로 꼬리를 내릴 테고, 만약 졸부라면 떡 하니 주저 없이 사리라. 대박은 그다지 색상과 디자인이 맘에 들지 않았으나, 가장 비싸고 좋다니 그 정장을 입어 보기로 하고, 자신의 신체 사이즈를 제시한다. 딱 맞는다. 이 모양의 다른 색 두어 가지를 같이 싸라고 하며, 전부 얼마냐고 묻자, 점원은 '이게 웬 떡이냐. 졸부인가 봐.' 하면서 금액을 제시했고, 대박은 현찰로 삼백만 원을 준다. 눈이 회동그라진 점원은 고개를 두세 번 반복해 조아리며 "네, 네." 하며 굽실거린다. 대박은 말끔한 점원의 굽실거림에 기분이 한층 상승한다. 역시 자본주의 세상에서는 돈이 있어야 대접받는다는 명언을 되새긴다. 점원에게 한 벌은 지금 입고, 나머지 두 벌은 집으로 택배를 보내주길 부탁하며 백화점 입구까지 배웅해주는 점원을 뒤로하고 백화점을 나왔다.

태양은 환하고 밝다. 따스한 열기는 대박의 새 옷에 푸근함으로 옷깃 하나하나에 살포시 내려앉았다. 지나가던 사람들도 예전의 눈빛이 아니다. 대박을 경외하고 송름스레 쳐다본다. 옷이 날개임을 거듭 대박은 느낀다.

핸드폰을 들어 일용직인 영철 씨에게 전화를 건다. 전화벨이 대여섯 번 울린 후에 바쁜 숨을 몰아쉬며 영철이 전화를 받는다. 영철의 친구인 양돈 투자업자를 소개받기로 약속을 잡고 내일 저녁 한우 투플러스만 판다는 고급한우 식당에서 만나기로 약속한다. 그러고 보니 내일은 할 일도 많다. 오전에는 은행에 들러 사채업자 대출금 2억3천만 원을 자기앞수표로 받아 보기 좋게 던져버릴 것이고, 오후에는 어머니를 찾아뵙고 1억 원을 넣어둔 통장을 전하며 어디 좋은 밭떼기 하나 알아보시라 할 예정이다. 그리고 저녁에는 양돈 투자업자를 대면하며 투자 계획을 세우고,

한 오륙억 원의 투자를 계약할 예정이다. 어느 그룹 회장이 '세상은 넓고 할 일은 많다.' 하더니 딱 자신이 그 꼴이다. 돈 없을 땐 하루하루 살아가는 일정이 삶의 전부였다. 그러나 돈이 있는 지금은 어떤가? 오늘도 발에 땀 나도록 바쁘지만, 또 바쁘고 희망찬 내일이 기다리고 있으니 정신없다.

그는 오늘 밤에도 꿈을 꿀 것이다. 똥 묻은 돼지 무리가 입에 오만 원권을 물고 자기 품에 안기기를 간절히 바라는 꿈을 기다릴 것이다. 그 꿈이 한낱 스쳐 지나가는 물거품이 아니기를 스스로 간절히 바라고 기도한다. 그것만이 아무 밑바탕 없이 졸부가 된 자신이 끝없는 나락으로 떨어지지 않는 유일한 길임을 안다. 오늘 저녁도 아침에 머물렀던 그 호텔에 들었다. 아침보다 더 전망이 좋은 9층이다. 간단히 씻고 벽면의 TV를 켠다. 저녁 9시 뉴스가 나온다. 대박은 뉴스를 보다가 보드랍고 가볍게 눈을 감는다. 돈이 있었지만, 참으로 피곤한 하루였다. 스르륵 잠이 든다. 그날 저녁 뉴스에는 사십 도가 넘는 고열에 시달리다 출혈 증상을 보이고 열흘 전후로 폐사하는 아프리카 열병이 양돈가에 발생했다고 알리고 있었다.

나는야, 성인 주의력결핍과잉행동장애(ADHD)인

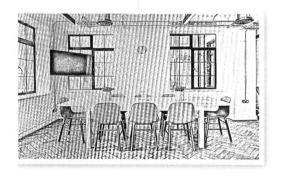

＊

　　　　　이름 노안정(盧安定, 35세). 현재 취업 준
비 중인 여성이다. 어려서부터 ADHD를 겪었으나 완
치되지 않고 어느덧 세월은 흘러 성인까지 되었다.
20대에 중소기업 한두 곳에 취직했으나 지나치게 충
동적인 탓으로 대인관계가 원만치 않고 남에게 부담
과 두려움을 준다는 이유로 짤렸다.

　그녀는 일이 여간 고통스러운 게 아니었다. 서류상
계획을 세울 때는 정말 아무 생각이 안 났다. 자신은
어릴 때부터 무계획이 계획인 삶이었다. 약물과 심리
처방을 받았으나, 크게 진전되지 않고 이 나이를 먹
게 되었다. 업무상 목표 지점까지 일을 완수하는 것
도 거의 불가능했다. '꼭 해야 하나?' 하는 생각이 들
뿐만 아니라 하는 것 자체가 귀찮고 짜증 났다. 그

래서 제지 공장에서 경리를 했던 29세에 마지막으로 사표를 집어 던지고 나온 후 아직 별스러운 직장을 잡지 못했다. 편의점 아르바이트도 지속은 어려웠고, 친구나 후배 대체용으로 가끔 참여해 용돈 조금씩 버는 것이 전부였으며, 부모님과 더부살이하면서 무전취식한다고 할까.

이러한 그녀를 부모님은 당신들 탓으로 돌리고 무관심하게 그냥 방관자로 일관했다. 그래서인지 그녀의 증세는 차도가 없이 항상 그대로였다. 물건을 어디에 두었는지 모르는 것은 다반사였고, 매사에 진지하지 못하고 늘 짜증이 나며 무기력했다. 친구들과 서너 명이 만나 식당에 갈 때도 음식 주문 때문에 여간 스트레스를 받는 것이 아니었다. 종종 멍을 때리면서 십여 분 공상을 할 때도 많았고, 그간 스쳐 간 남자 친구도 십여 명이 넘었지만 연락하지는 않았다. 남자 친구를 길고 깊게 사귀는 것 자체가 싫증 나는 일이었다.

현재 취직 준비도 그렇다. 처음엔 부동산 가격이 천정부지로 뛰어오르면서 부동산중개인 공부를 했었다. 그동안 자투리로 남아 있던 용돈 전부를 들여 관련 교재를 전부 샀다. 독학을 해보겠다고 책과 끙끙하며 씨름했다. 작심삼일이었다. 정말로 딱 삼일 공부하고 포기했다. 삼십여만 원이나 주고 산 교재값이 아까웠다. 그래도 몇 푼이나 건지자는 생각에 중고품 매매앱인 당○마켓을 이용해 10만 원을 겨우 건졌다.

그리고 다시 시작한 공부가 경찰공무원. 공무원 중 뽑는 숫자가 그래도 가장 많은 직종. 시험과목도 한국사와 영어가 필수이고, 형법, 형사소송법, 경찰학개론, 국어, 수학, 사회, 과학 중 3과목만 선택되기에 별도로 큰 공부를 하지 않아도 되었으며, 고시생들에게 난이도도 어렵지 않다고 정평이 나 있다. 그러나 경쟁률이 25:1을 오르내렸다. 결코 만만치 않은 경쟁률이다. 두 번 응시해 낙방의 고배를 보기 좋게 마셨다. 나중에 알려진 합격선 점수보다도 훨씬 낮은 점수였다. '이건 아닌가 보다.' 하고 과감히 내던졌다. 갈 길을 잡지 못하고 갈팡질팡하는 자신에게 친구들은 "넌 집중력이 많이 떨어지고 세심하지 못한 성격이니, 참말로 너 자신에게 가장 집중할 수 있는 일은 무엇인지 곰곰이 생각하고 판단해."라고 늘 그랬는데, 그 이야기를 들으면 자신은 그렇지 않은데 그렇게 편견을 가지는 그들이 싫었고, 그래서 그 뒤로는 만남 자체를 갖지 않았다.

안정은 똑같은 일을 반복하는 것은 죽어도 싫다. 실수를 많이 하기에 위험이 도사리는 것도 싫다. 집중해서 하는 일보다 할 때마다 새로운 것이 좋다. 자기가 모임에 주도적이어야 한다. 술을 좋아하고 자동차로 과속하며 드라이브하는 것을 좋아한다. 그리고 일단 말을 시작하면 참 많다. 차례를 기다리거나 대기하는 것 자체가 초조하고 불안해서 정말 싫다. 쇼핑이나 게임을 정말 좋아한다. 돈은 계획해서 쓰지 않고 기분 내키는 대로 쓴다. 앞뒤 고려하지 않고 생각나는 것을 즉각 말해야 속 시원하다.

안정 자신은 과연 어떤 직업이 어울릴까 냉가슴을 앓아본다. 그 과정에서 결국 그녀의 선택은 레크리에이션 강사이다. 그래, 내 성격을 모두 감안하면 이것밖에 없다고 최종 판단했다. 반복될 수 있는 속성이 있지만, 율동이나 프로그램을 그때그때 바꿀 수 있고, 대상도 언제나 바뀔 수 있으니 참아낼 수 있다. 신나게 웃으며 답답하지 않고 활기차게 할 수 있으니 또 좋다. 일을 순차적으로 꼭 할 필요도 없어서 좋고, 계획은 한 번 짠 것이면 되고, 때에 따라서는 계획 없이 막 순서로 진행되어도 큰 문제 없다. 몸을 가만히 두지 못하고 말 많은 것을 좋아하는 자신의 성격과도 잘 맞아 떨어진다. 그리고 무엇보다 레크리에이션은 지루하지 않아서 좋다.

  레크리에이션 강사 자격증은 민간 자격이라 취업을 반드시 보장하지 않고 단순히 부가 자격증일 뿐이다. 전문학원을 통해 속성반으로 2급을 두 달 만에 땄다. 그러나 이 정도로 기업이나 회사에 취직하기란 하늘의 별 따기였고, 개인 사업을 한다고 해도 인지도가 없어 굶어 죽기 딱 십상이었다. 그래서 추가해 국가공인 자격증인 청소년지도사 2급을 땄다. 학점 은행제를 통해 청소년 문제와 보호, 청소년 활동론, 청소년 육성제도론, 청소년 문화 등 청소년 과목 8과목을 이수했다. 그러나 자격증 하나만 추가된 것일 뿐, 그녀의 취업전선에 파란불이 들어오지는 않았다. 기존에 다니던 학원장의 소개로 유명 강사 보조를 한 이틀 동행하고선 아예 손까지 놔버렸다. 그녀가 그렸던 세상이 아니었다. 그렇게 만만하고 다루기

쉬운 것도 아니었다. 치밀하게 용품과 프로그램을 준비하고 연습을 여러 번 반복해야 많은 사람들의 환호를 받았다. 조금이라도 소홀한 경우를 관중들이 귀신같이 알아, 호응 없이 무미건조한 행사로 끝날 때가 다반사였다. 결국, 안정은 레크리에이션 강사도 접었다.

안정에게 취직은 이제 기불택식(飢不擇食)처럼, 굶주림에 허덕이는 사람이 음식 좋고 나쁨을 따질 겨를이 없었다. 닥치는 대로 일해 보고 부딪쳐봐야 했다. 그러나 세상은 그러한 안정에게 호의적이지 않았다. 달갑게 환영하는 업체도 없으려니와 아는 척하거나 관심을 가져주는 곳이 하나도 없었다. 벌초 자리는 좁아지고 백호 자리는 넓어지듯, 쉽사리 넘어갈 세상이 이미 아니었다.

오늘도 그녀는 등대 잃은 떠돌이 선박처럼 시간의

망망대해를 그냥 왔다 갔다 허송했다. 그래도 뭔가를 하지 않으면 불안해서 책을 들고는 있으나, 이삼십 분 이상 집중하기는 힘들다. 짬짬이 간식도 먹고 음악도 듣고 게임도 하고 선잠도 잤다가 한두 시간 지난 후 책을 또 십여 분 잠깐 보고, 그리고 닦고 눈 감으면 밤 10시까지 잤다가 또 일어나 참 먹고 핸드폰으로 유튜브나 드라마, 영화를 본 후 새벽에 해가 떠오르는 기색이 들면 무거워진 눈꺼풀을 조용히 수용하며 하루를 보낸다.

내일은 어머니에게 돈을 타서 신경정신과에 좀 갔다 와야겠다. 도대체 주의력이 산만해 집중이 되지 않으니, 심리치료와 약물 치료약을 받아와야겠다. 뇌 속 도파민 농도를 조절하는 메틸페니데이트 제제와 노르에피네프린을 조절하는 아토목세틴을 먹으면서, 윗배가 쓰리고 잠이 잘 오지 않는 어려움을 극복하며 차분하게 어디에 정착해 안착하며 집중하고 싶다. 그럴 때 그 배는 얌전하게 등대 밑에 똬리를 틀고 잔잔한 파도 위에 닻을 내릴 수 있으리라 장담하면서….

인생 톺아보기

펴 낸 날 2023년 04월 18일

지 은 이   김홍석
펴 낸 이   이기성
편집팀장 이윤숙
기획편집 서해주, 윤가영, 이지희
표지디자인 서해주
책임마케팅 강보현, 김성욱
펴 낸 곳   도서출판 생각나눔
출판등록   제 2018-000288호
주   소   서울 잔다리로7안길 22, 태성빌딩 3층
전   화   02-325-5100
팩   스   02-325-5101
홈페이지   www.생각나눔.kr
이 메 일   bookmain@think-book.com

• 책값은 표지 뒷면에 표기되어 있습니다.
　ISBN　　979-11-7048-554-4(00810)